北欧众神

[日] 杉原梨江子 著

李子清 译

中国致公出版社

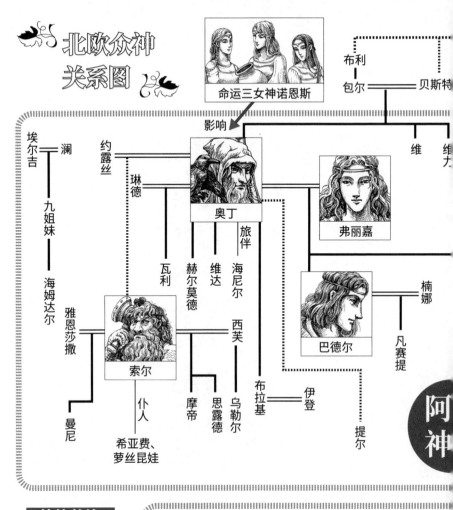

北欧众神关系图

命运三女神诺恩斯

影响

埃尔吉 — 澜

约露丝

琳德

奥丁

弗丽嘉

旅伴

瓦利 赫尔莫德 维达 海尼尔 西芙 乌勒尔 布拉基 — 伊登

九姐妹

海姆达尔

雅恩莎撒

索尔

巴德尔 — 楠娜

凡赛提

提尔

曼尼

仆人
希亚费、
萝丝昆娃

摩帝 思露德

阿神

布利
包尔 — 贝斯特

维 维力

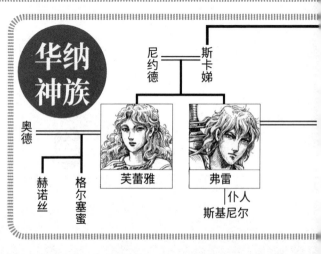

华纳神族

尼约德 — 斯卡娣

奥德

赫诺丝 格尔塞蜜

芙蕾雅

弗雷

仆人
斯基尼尔

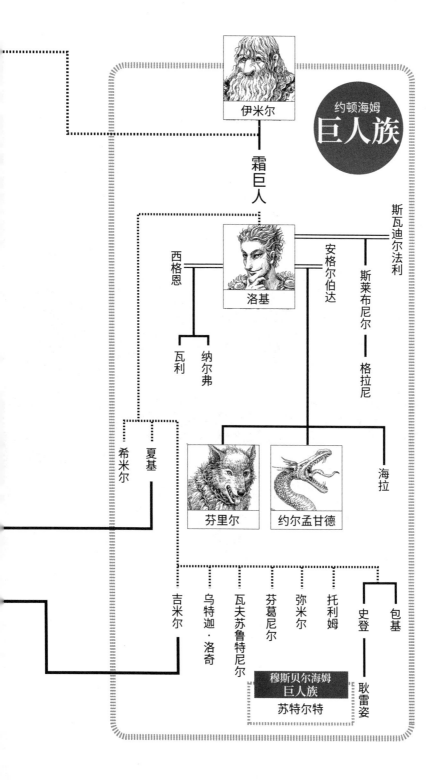

约顿海姆
巨人族

伊米尔

霜巨人

洛基

西格恩　　　　安格尔伯达　　斯莱布尼尔　　斯瓦迪尔法利

瓦利　　纳尔弗　　　　　　　格拉尼

希米尔　夏基　　芬里尔　　约尔孟甘德　　　　　　海拉

吉米尔　乌特迦·洛奇　瓦夫苏鲁特尼尔　芬葛尼尔　弥米尔　托利姆　史登　包基

穆斯贝尔海姆
巨人族

苏特尔特　　耿雷姿

北欧神话的世界观可以概括为"一棵巨树矗立在世界中心"。
所有的故事都发生在宇宙树伊格德拉西尔屹立的九大世界中（详情参见第 28 页）。
◆宇宙树的树根：树根分为三支，延伸到三个国度的泉水里。
◆九大世界：宇宙树下方有九个世界，众神、人类和巨人都生活在其中。
◆东南西北：宇宙树的四个角落由四个矮人支撑。
◆宇宙树上的动物：树梢栖息着鹫，树干栖息着松鼠，树枝栖息着公鹿，树根栖息着飞龙。

Preface

前 言

　　大约在 2000 年前，斯堪的纳维亚半岛上的北欧人信仰着诸多神祇，其中有主神奥丁、雷神索尔、丰饶之神弗雷及战神提尔等。北欧神话正是生动叙述这些神祇的英勇事迹，宣扬了他们伟大之处的故事总集。

　　或许很多读者对他们的名字比较陌生，可实际上我们每天都在跟北欧众神打交道呢。英语中星期一到星期日就是以他们的名字来命名的。星期二"Tuesday"取自战神提尔，星期三"Wednesday"取自主神奥丁，星期四"Thursday"取自雷神索尔，而星期五"Friday"则取自爱与丰饶的女神芙蕾雅。世界上很多国家都把北欧诸神视作异端，却仍然用他们的名字来命名日子，真是不可思议。至于为什么会用北欧诸神的名字来命名，至今仍是个不解之谜。

　　公元 8 世纪以后，维京人登上历史舞台，北欧诸神的影响力也随之增大。格言诗和英雄传说层出不穷，与神话故事一起为人们口口相传。直到 12 世纪左右，有人将这些口头流传的故事整理成书，我们才得以一睹北欧神话的全貌。

为了能更好地理解北欧神话，请在阅读本书之前，首先了解以下三点：

- 神话叙述了自开天辟地到世界毁灭（末日之战——诸神的黄昏）的整个过程。
- 所有故事都发生在宇宙树伊格德拉西尔所俯瞰的世界。
- 诸神皆忠实于自身的欲望，可以说跟人类别无二致。

在人们心目中，北欧的形象便是美丽祥和的森林、干净整洁的小屋及错落有致的家具。然而，北欧神话所描述的世界却充满了战斗和纷争。那是因为北欧人以前的生活条件极为艰苦，不时会徘徊在生死边缘，在此种背景下酝酿而成的北欧神话，可以说是自然环境的真实写照。

本书参考冰岛文学中的《埃达》和《散文埃达》，来再现北欧神话的世界。故事中蕴含了不少世间的生存法则和智慧，要是你在读完本书之后能有所感悟，有所收获，就再好不过了。

作家　杉原梨江子

Contents

目录

第三章
众神的事件簿

第四章
北欧神话中的文化

第五章
末日之战——诸神的黄昏

序章
Prologue

什么是北欧神话

什么是北欧神话
与北欧人的生活息息相关的众神们

✳ 叙述了从开天辟地到世界毁灭的整个过程中
众神的战斗史

一言以蔽之，北欧神话就是众神的战斗史。以奥丁为首的北欧众神个个好战，动不动就用拳头来说话。世界起源于一起杀人事件，结束于一场旷世大战。始祖巨人伊米尔在冰与火的碰撞下诞生。也就是说，两种极端对立的物质发生冲突之后，才有了生命。据说，这种思想正是北欧严酷的自然环境的真实体现。北欧的冬天既昏暗又漫长，成天处于冰雪覆盖之下。为此，农耕、畜牧、狩猎、捕鱼的效率极低，人们连生存都很困难。可以说，这样的生活本身就是与大自然战斗，而北欧神话就是在这样的背景下诞生的。

确切的年代已经无从考证，大约是公元 1 世纪之后的几百年间，北欧的文化、风俗及原始宗教（自然崇拜、树木信

信仰北欧众神的北日耳曼人（即维京人）出海时，会向奥丁起誓，希望海航取得胜利。他们航行在欧洲的海洋中，活动范围遍及不列颠岛、俄罗斯，甚至远达美洲大陆。

⚓ 北欧神话分布图

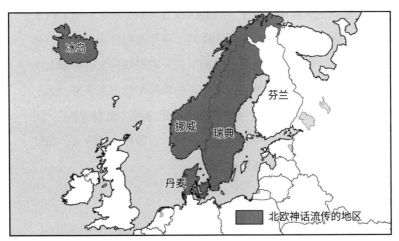

　　信仰北欧神话众神的，主要是以斯堪的纳维亚半岛为中心的印欧语系（日耳曼语族）国家，其中包括挪威、瑞典、丹麦及冰岛，不包括与这些国家的语言体系和民族不尽相同的芬兰。

仰）以神话的形式表现出来，被人们口口相传。神话中登场的众神为人们所崇拜，居住在斯堪的纳维亚半岛的北日耳曼人信仰着奥丁、索尔、弗雷和提尔等。

　　公元 8 ~ 11 世纪，维京人崛起。他们在祈愿胜利的过程中，对众神的信仰加强了。对于既是海盗又是商人的维京人来说，以智慧和谋略夺取胜利的奥丁是他们理想的化身，对奥丁的崇拜也日益加深。后来，人们的生活渐渐好转起来，比起农民，王室、贵族的权力得到了加强，奥丁的地位也随之提升，在神话和现实两个世界都稳稳坐上了至高神的宝座。后来在基督教的影响下，人们对众神的信仰渐渐淡化。但是象征北欧神话往日辉煌的物件却遗留了下来，无论是索尔的雕像，弗雷一家其乐融融的金版（金制浮雕），还是北欧人使用过的刻有符文的石碑、武器和珍贵饰品，都散发出那个时代的浓郁气息。

孕育出北欧神话的著作

《埃达》和《散文埃达》

✺ 构成北欧神话主体的两部"埃达"

两部《埃达》(Edda)将人们口口相传的古代神话和英雄传说整理成册，是我们了解北欧神话的重要素材。所谓《埃达》，是冰岛从12世纪开始以文字形式记录的北欧神话的产物。其特点在于，记录文字为古诺尔斯语（古代冰岛语）。

《埃达》，又称《古埃达》，它的手抄本于17世纪被人发现。它不仅汇集了9~12世纪的古诗，还将神话、英雄故事及格言以诗歌的形式记录了下来。据说，其作者不止一个人，具体成书时间至今也没有一个确切的说法。《散文埃达》，又称《新埃达》，是一本诗歌启蒙书，由13世纪的冰岛诗人兼政治家斯诺里·斯图鲁松编写而成。书中不仅记述了北欧神话，还对诗词的作法、韵律进行了解说，是一本方便人们学习诗歌的教科书。本书就是以《埃达》和《散文埃达》两部书为基础，来对北欧神话世界进行解说的。

德国的格林兄弟将《埃达》翻译出版，英国的威廉·莫里斯将《萨迦》翻译出版，两者都是将北欧文学传播到西欧的大功臣。此外，诗人海涅也在北欧神话的影响下，留下了不少作品。

🎗 了解北欧神话的两本基础书

《埃达》(《古埃达》)

开头部分是一段"巫女的语言"，叙述了世界从创始到毁灭，后又重生的整个过程，是北欧神话的大纲，被誉为北欧最伟大的诗篇。除此之外，书中还收藏了"奥丁箴言"和"巴德尔之梦"。这部书在 17 世纪被人发现，献给了丹麦国王，所以又叫作《国王的手抄本》(Godex Regius)。1971 年，丹麦将它返还给了冰岛。

《散文埃达》(《新埃达》)

由神话、诗歌语法和韵律三部分组成。第一部分名为"欺骗古鲁菲"，内容为瑞典国王扮成一个旅人向众神发问，以双方对答的形式来讲述北欧神话。在此过程中，神话的概况、众神的性格及各种奇闻逸事被巧妙地组合在了一起。作者斯诺里的写作功力由此可见一斑。

1. 皇家手稿，即所谓的国王之书。此书由布林夫·斯汶逊主教于 1640 年赠予哥本哈根的皇家图书馆，至今仍保存于此。

2. 沃尔姆手稿。此版本藏于哥本哈根的一家图书馆中，是阿恩·马格尼藏书中的一本。博学的阿格瑞姆·荣松把此书赠予奥勒·沃尔姆教授 (卒于 1654 年)。奥勒·沃尔姆的孙子克里斯汀·沃尔姆和西兰岛主教 (卒于 1737 年) 之后把它赠予阿恩·马格尼。

　　3. 乌普萨拉手稿。此书保存于乌普萨拉大学图书馆。此书是在冰岛发现的，之后，落到了加尔迪伯爵之手，由他在1669年赠给乌普萨拉大学。除了最主要的文件，这本书还有四份残片及大量纸稿。

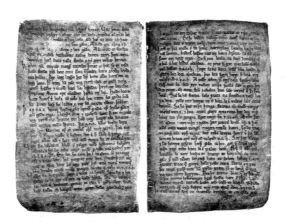

✵ 北欧文学"萨迦"所叙述的神话

　　有别于《埃达》和《散文埃达》，"萨迦"也自成一派，同样讲述了北欧神话。"萨迦"（saga）一词的本意是故事、述说及述说的事情。这里指的是12～13世纪以后，在冰岛所形成的独特的"散文文学"。虽然其内容与《埃达》和《散文埃达》多有重复，但还是可以从中了解到维京时代人们的思想和生活状况，也可以作为补充资料来阅读，加深对北欧神话的理解。

✿ 四种"萨迦"

宗教——学问的萨迦

记录了外来民族移居冰岛的过程，以及基督教变迁的历史。

主要作品：《殖民书》《基督教萨迦》《叙尔德林萨迦》等。

王室的萨迦

讲述了 9～13 世纪的挪威历史。以冰岛殖民前国家的兴起，以及对祖先的崇拜为基调。

主要作品：《海姆斯克林拉》《约姆维京萨迦》《红胡子埃里克萨迦》等。

冰岛人的萨迦

冰岛人用本国语言书写的文学作品，记录了基督教传入之前北欧的社会、文化、生活、道德和信仰。它不仅是我们了解历史的珍贵资料，同时还具有很高的艺术价值，可以说是萨迦文学的杰出典范。

主要作品：《埃吉尔萨迦》《蛇舌葛劳斯萨迦》《格雷蒂尔萨迦》《尼雅尔萨迦》《拉克斯谷人萨迦》等。

传说的萨迦

记述了英雄们的丰功伟绩。与《埃达》的英雄传说部分有所重复。

主要作品：《沃尔松格萨迦》《弗洛夫·克拉奇萨迦》《拉格纳·洛兹布罗克萨迦》等。

✴ 将北欧神话引入日本的日本人

民俗学家谷口幸男，将用古诺尔斯语书写的《埃达》《散文埃达》和形形色色的"萨迦"，以及描述挪威王朝历史的《海姆斯克林拉》中的北欧神话翻译成日语，出版成书，为北欧神话在日本的普及立下了汗马功劳。

另外，诗人兼文艺评论家山室静则将北欧神话译成了童话风格，读起来浅显易懂，生动有趣。如果仅仅是想了解一下北欧神话的大致内容，推荐去读一读她的作品。

☙ 日本作者介绍的北欧神话

谷口幸男（1929 —　）

文学研究者、民俗学者、翻译家，专攻北欧文学、德国文学，在北欧神话、北欧史、德国民俗学等领域堪称日本第一人。将用古冰岛语书写的北欧神话翻译成日语，为其在日本的推广做出了杰出贡献。

《埃达——古代北欧歌谣集》斯诺里·斯图鲁松等人著（新潮社）

同时收录了《埃达》和《散文埃达》。对其中众神的名字、专

小泉八云（拉夫卡迪奥·赫恩）和寺田寅彦两位作家同样被"萨迦"吸引，八云对《叙尔德林萨迦》和《尼雅尔萨迦》赞不绝口，寅彦则为《海姆斯克林拉》写了随笔。

有名词、比喻修饰等做了详细的注解和解说，为方便读者阅读下足了功夫，极力推荐。

《海姆斯克林拉——北欧王朝史》斯诺里·斯图鲁松著（Play Spot）

1230 年左右，诗人兼政治家的斯诺里编写的挪威王朝史，由16 篇"萨迦"组成。序章"尤古灵萨迦"论述了奥丁魔法的使用方法，介绍了阿萨神族和华纳神族的战后逸闻，对《散文埃达》的内容进行了很好的补充。

《维京人的智慧》哈瓦马尔编著（GUDRUN）

是《埃达》中"奥丁箴言"部分的总集，以格言诗的形式将奥丁的理念传达给现代人。

山室静（1906 — 2000）

诗人、文艺评论家、翻译家，将《埃达》、"萨迦"等冰岛古典文学引入日本的文化先驱，不仅在北欧文学、神话方面著书众多，还翻译了安徒生、托弗·扬松等人的北欧儿童文学作品。

《北欧神话与传说》康贝奇著（新潮社）

不仅讲述了自开天辟地到诸神的黄昏的故事，还网罗了"萨迦"中的英雄传说，是一本对细节部分详加描述的故事集。

《北欧的神话——众神与巨人的较量》（筑摩书房）

一本栩栩如生的童话书，给读者一种身临其境的感觉，仿佛亲眼见到了故事里的情景一般。其中还穿插介绍了当时北欧的生活习俗，读起来轻松愉快。

《萨迦和埃达的世界——冰岛的历史和文化》（社会思想社）

为什么冰岛会流传这么多的传说故事呢？以这个问题为中心，通过对《埃达》、"萨迦"的讲解，来解说北方日耳曼人的历史和文化传统。

《尼伯龙根之歌——德国的齐格飞传说》（筑摩书房）

德国的英雄传说。齐格飞是齐格鲁德的德国译名。讲述了年轻的英雄齐格飞与美丽的公主布伦希尔德的悲恋经过。请与北欧神话对照着阅读吧。

🐚 中国作者介绍的北欧神话

茅盾（1896 — 1981）

1930 年，茅盾以"方璧"为笔名出版了《北欧神话 ABC》，系统地梳理了北欧神话中世界的创造和诸神的故事。该书对后来有关北欧神话的书和文章有着极为深远的影响，90 多年过去了，该书依旧是了解、学习北欧神话的重要资料。

石琴娥（1936 —　）

中国社科院外国文学研究所北欧文学专家。主编《萨迦选集》，为《中国大百科全书》及多种词典撰写北欧文学词条，著有《北欧文学史》等，译著有《埃达》等。

北欧神话的特点

记住以下几点就能更好地理解故事内容

特点❶　创世与毁灭

◆　神话叙述了自开天辟地到末日之战的整个过程

　　北欧神话始于远古时代的开天辟地。据说，太古时代的北欧人认为宇宙是一个巨大的平面。起初，世界上什么都没有，在一个雾气弥漫的世界中，冰火相交产生了水滴，从中诞生了最初的生命——始祖巨人伊米尔。后来至高神奥丁将他杀死，把他的尸体分解后当作材料制造了天地。真是个血淋淋的创世神话。

　　北欧神话中最独特的一点莫过于末日之战——诸神的黄昏。北欧神话中众神的世界注定是要毁灭的。无论怎样的嬉笑怒骂、悲欢离合，都不过是通往末日之战的小插曲而已，神话整体笼罩在一片悲剧性的气氛中。唯一值得欣慰的是，世界毁灭之后人类祖先登场了。

关于北欧神话的疑问

为何会出现肢解巨人肉体从而创造世界的创世神话？一种说法是，北欧人为游牧民族，对他们来说宰杀动物是稀松平常的事情，北欧神话故事的内容或许与北欧人不浪费粮食的生活智慧有关。

⚓ 北欧神话——创世与毁灭的传说

世界伊始

北欧神话开篇就写到"世界上什么都没有"，既没有天地，也没有大海，有的只是一片雾蒙蒙的光景。不过世界中心倒是有一个名叫金伦加的巨大鸿沟。

生命诞生

金伦加鸿沟中冰火相交产生了水滴，始祖巨人伊米尔从中诞生。这就是后来与以奥丁为首的阿萨神族有着不共戴天之仇的巨人族的起源。在末日之战——诸神的黄昏中，众神便是与伊米尔的子孙战斗的。

开天辟地

日月流转，奥丁诞生了。长大后的奥丁联合自己的兄弟杀死了伊米尔，并将他的尸体分解，创造了世界。伊米尔的肉体化作了大地，血液化作了海洋，头盖骨化作了天空，脑浆化作了云彩，牙齿和骨骼化作了岩石，头发化作了树木，全身上下都成了创造世界的材料。

众神的事件

世界形成之后，在众神身上发生了众多事件，例如索尔和巨人的决斗、芙蕾雅的项链事件、弗雷的恋爱烦恼，从中可以窥视到众神无拘无束、自由奔放、讴歌人生的姿态。不过众神的活动偶尔也会给人类招来不幸。

毁灭的预言

切换一下场景，众神之中开始流传起有关世界末日的消息。万事通奥丁听到这个预言之后，心中很是不安，便开始着手备战"诸神的黄昏"。

末日之战——诸神的黄昏

太阳消失，天变地异，众神惶惶不可终日。阿萨神族和巨人之间的大战终于爆发了。奥丁、索尔、弗雷、提尔等神祇均在战斗中落败，战死沙场。大地被火焰包围，海面下沉，毁灭的预言应验了。

世界的重建

陆地再次升起，呈现出一片宁静祥和的景象。没有播种，谷物就长满了大地。奥丁的儿子、索尔的儿子及幸存下来的神祇在阿斯加德的旧址上一边大眼瞪小眼，一边怀念着往昔的日子。北欧神话就此结束。

🌀特点② 古代北欧的树木崇拜

◆ 宇宙树支撑着九个世界

集北欧神话世界观之大成者，便是宇宙树伊格德拉西尔。古代北欧人认为"全世界是由一棵顶天立地的大树支撑起来的"。宇宙树又被叫作世界树、生命之树。一般认为它是一棵梣树，不过也有人认为是长寿的紫杉树。

不仅北欧地区，世界各地都有类似的宇宙树思想，认为有一根掌控世界的中枢（世界柱）屹立在宇宙之中。生命的诞生和活动都是在这根中枢周围进行的。树木贯穿了宇宙的

北欧神话中崇拜树木，称勇敢的战士为"战斗之树"。树木是坚韧不拔的象征，瓦尔基里也曾大声激励齐格鲁说："锋利的武器之树啊！"

三个领域——天空、地面及地下。各个领域之中，能长成巨树的树种，以及能结果实的树种，人们都认为有神祇栖息其中，被当作"宇宙树"来崇拜。

《圣经》中的生命之树和印度的菩提树，虽然跟宇宙树十分相似，不过描写如此细致、在故事中占有如此重要地位的也只有宇宙树了，这也是北欧神话的特点之一。宇宙树伊格德拉西尔支撑起九个世界，根须分为三股，分别伸进三口泉水中。

无论是众神、巨人还是人类，都是在宇宙树的庇荫下生活的。

◆ 人类由树而生，靠树复活

在创世过程中有这么一个情景，奥丁和他的兄弟用树造人。他们用梣树刻了一个男人，用榆树刻了一个女人。完工之后，又给木雕灌入生命和灵魂，授予其视力、听力、智慧及语言。于是，这对男女就成为人类的祖先，在大地上繁衍生息起来。

人类是由树而生，而末日之战——诸神的黄昏之后，人类又是依靠树复活的。传说，有一对男女栖身在宇宙树伊格德拉西尔的树洞中，靠舔舐朝露为生，成为新人类的祖先。宇宙树的树根在战火中逃过一劫，从大地中吸取养分，生长出了新的枝叶，而这对男女正是吸食了枝叶上的朝露才得以存活下来。

男子叫作里夫（Lif，生命之意），女子叫作里夫特拉希尔（Lifðrasir，生命的继承者之意），从他们的名字中也能感受到生命的重生。

末日之战——诸神的黄昏之后，躲在树洞里的男女，象征着在寒冬里默默忍耐；而悄悄萌生的新芽和重生的树木就代表诞生、成长与复活——叶片即使凋零，春天来临后也会再次萌芽。树木这种周而复始、生生不息的特性，形象地体现了"重生"这一主题，这也是贯穿北欧神话的主旨之一。

⊛ 特点 ③　众神十分好战

◆ 古代北欧受人崇拜的众神的故事

前面已经说过了，北欧神话就是众神的战斗史，那么首先让我们来了解一下里面的登场人物吧。大体上可以分为神族（阿萨神族和华纳神族）、巨人族及人类三个种族。

华纳神族的尼约德曾登基为瑞典王，之后传位给福瑞；而巨人族之女斯卡娣和尼约德离异之后与奥丁交往，他们便是挪威王室的始祖，对北欧各国历史有着很深的影响。

🔱 北欧神话中的主要人物

种族	名字	称号
阿萨神族	奥丁	主神、至高神、知识与诗歌之神、战神、魔法之神、死神
	索尔	雷神、力量之神、农业之神
	提尔	战神、胜利之神
	巴德尔	光明神
	弗丽嘉	婚姻与产子之神
	海姆达尔	彩虹桥的看守者
	伊登	青春苹果的守护女神
华纳神族	尼约德	财富与丰饶之神、渔业之神
	弗雷	财富与丰饶之神、婚姻之神
	芙蕾雅	爱与丰饶的女神、战争女神
巨人族	伊米尔	始祖巨人
	洛基	招来世界末日的神祇
	芬里尔	巨狼
	约尔孟甘德	大蛇
	海拉	冥界女王
	苏尔特尔	炎之巨人
人类	齐格蒙德	沃尔松格家的英雄
	齐格鲁德	屠龙英雄

北欧神话中活跃的众神，在现实生活中也基本上受人崇拜。其中，站在舞台中央的便是象征力量的雷神索尔、丰收的财富与丰饶之神弗雷，以及北欧神话的至高神、被誉为万物之父的奥丁。以他们为中心，众神引发了种种事件，导致世界走向末日。

阿萨神族和华纳神族最初是敌对的，不过后来冰释前嫌，结成了同盟，互帮互助起来。

站在神族对立面的，便是巨人族。以沦为创世材料的始祖巨人伊米尔为首，洛基、巨狼芬里尔、大蛇约尔孟甘德、冥界女王海拉等，都是个性鲜明的人物。

阿萨神族本能地厌恶巨人族，认为他们残忍凶恶，是给众神招来不幸的存在。所以，将巨人族视作眼中钉，不时向他们挑衅，甚至盗取他们的宝物和知识。

此外，众神随心所欲的举动还扰乱了人类的生活。总的来说，人类是属于众神一方的。除了众神与巨人族对抗之外，众神内部和人类内部也不时上演着各式各样的争斗剧、复仇剧。北欧神话就是在这样的氛围中展开的。

巨人并不是邪恶的化身。有一种说法，巨人是寒霜、冰雹、风暴等自然力量的化身。若真是如此，"诸神的黄昏"的到来或许象征着人类无法战胜自然。

◆ **阿萨神族VS巨人族**

为什么众神和巨人会争斗不休呢?

有人认为,奥丁杀死了巨人族的祖先伊米尔,自己心里有鬼,整天提心吊胆,生怕巨人来找他算账。

时间一长,奥丁的惶恐和不安感染了其他神祇,最后大家一致决定要好好教训一下巨人。其中表现最为骁勇的是雷神索尔,他不仅迎头痛击了前来侵犯的巨人,还不时攻入巨人的老窝约顿海姆,击杀了为数众多的巨人。

这样的事情发生多次之后,终于迎来了末日之战——诸神的黄昏,主要的神祇纷纷与巨人同归于尽,战死沙场。

世界也因此一度毁灭。

⊛特点❹ 北欧众神并非万能

◆ **神祇也有做不到的事**

一般而言,神祇是指力量强大、能完成人类无法企及的壮举,化不可能为可能的存在。可是,北欧神话中的众神却并不拥有万能之力,这也是北欧神话的特点之一。就算是众神中最擅长魔法的奥丁,也阻止不了自己儿子巴德尔的死,更别提让他复活了。为了备战"诸神的黄昏",众神不得不从人类的战死者中挑选战士,这也从侧面反映出众神的弱小。

在末日之战——诸神的黄昏中,面对巨人排山倒海般的战斗力,众神纷纷力尽而亡,别说什么万能之力了,连不死之身都不曾拥有。

◆ 男神和女神都忠实于自身的欲望

众神有时为了达到自己的目的,行事会不择手段:杀戮、盗窃、背叛、色诱、说谎、背信,简直是无所不用其极。因此,巨人们经常无辜受害,人类也是频频遭受飞来横祸:有人无故冤死,也有一家人被无端降下诅咒。

至于女神,个个国色天香,并且忠实于自己的欲望,可以说跟人类别无二致。有的为了得到自己想要的东西,不惜跟讨厌的男人上床;有的不给自己的丈夫好脸色看,与之关系决裂;有的则施展魔法蛊惑人心。除此之外,能做到面不改色,行残忍之事的女神也为数不少。

另外,北欧神话中几乎没有跟爱情相关的故事,母子情深的温馨故事更是闻所未闻。相反,众神通过强硬手段夺取自己想要的东西则如家常便饭。不过,因为叙事幽默,所以众神也没有让人厌恶的感觉。

众神皆忠实于自己的内心欲望，本能地活着，倒也散发出一种别样的魅力。

◆ **众神的敌人——巨人族也并非纯粹的"邪恶"**

很多神话故事都是以"善与恶"为主题。相对于善的神祇阵营，一定存在着一股实力强大的恶势力。而且，恶势力最后一定是以失败告终的。可是北欧神话却有所不同，理应属于"恶"一方的巨人族最后却消灭了神。

⚓ 与北欧神话有关的木造斯塔夫教堂

位于挪威乌尔内斯的斯塔夫教堂入口处就雕刻着世界树伊格德拉西尔。有人说右下的动物是一头啃着嫩芽的鹿，也有人说是飞龙尼德霍格。

巨人族不仅在实力上胜过大多数神祇，很多神使用的武器都跟巨人族有关。例如，索尔的雷神之锤姆乔尔尼尔、弗雷的宝船斯基布拉尼尔等魔法武器和道具都是由矮人打造的。而矮人族本身是从始祖巨人伊米尔的肉体上诞生的。

就连主神奥丁那丰富的知识，也有一大半来自巨人族。在希腊神话里，无论是阿波罗的竖琴、畜牧之神潘的笛子，还是潘多拉的壶，都出自神祇之手。而北欧神话里众神的重要武器和道具大多出自被他们视为邪恶存在的巨人族之手。

除了战斗力之外，巨人族在文化层面也有很多地方超过了众神。

然而，巨人们也不是整天埋头跟阿萨神族做斗争，他们也有着自己的生活。结婚生子，与家人一起度过平平淡淡的每一天，对他们来说是再正常不过了。

⊛ 特点 ⑤   毁灭的美学

◆ 众神直面残酷的命运

北欧神话中的主要人物都以毁灭而告终。

在导致了世界灭亡的末日之战——诸神的黄昏中，众神与巨人族展开了惊天动地的战斗。场面之惨烈令宇宙树伊格德拉西尔都为之颤抖。大战的最后，奥丁、索尔、提尔这些北欧神话中的主要神祇都与巨人族同归于尽，或力竭而亡。尔后，世间的一切都处于火焰之中，世界就此毁灭。"与敌人同归于尽"这一悲惨的结局，或许正是长年与严酷的大自然相抗争的北日耳曼人生死观的真实体现。

此外，获知毁灭预言的奥丁与众神，在明知末日终将到来的情况下，对此闭口不谈，过着各自的生活。神话中曾多次出现众神备战"诸神的黄昏"的情景。故事就在这些伏笔之下悄然进展着，世界一步一步走向毁灭之日。

众神面对自身的命运及死亡的威胁毫不动摇，他们那直面残酷未来的凛然身姿，正可谓毁灭的美学。

column
北欧神话与文化

在基督教普及之后销声匿迹的神祇

很久以前，瑞典乌普萨拉的神殿中曾放有索尔的雕像，奥丁和弗雷的雕像立于左右。然而在基督教传入之后，北欧众神被当作邪教之神，失去了人们的信仰。

对于基督教传道者来说，北欧神话无异于洪水猛兽。他们尤其无法忍受神话中出现的咒术、魔法、类似

北欧神话与文化

萨满之人的预言，以及战死者前往奥丁的英灵殿瓦尔哈拉、病死者前往冥界的这种死后世界观……到了中世纪，基督教的圣职者一看到施展咒术的人就对其施以火刑，一看到写有符文咒语的石碑就砸掉，一见到相关的图画就烧掉。在维京人的时代位于崇拜顶点的奥丁，渐渐沦为蛮荒之神，对基督教来说跟恶魔别无二致。

　　到了13世纪，诗人斯诺里·斯图鲁松将口头传颂的北欧神话整理归纳后，写成了《散文埃达》。不过斯诺里本人是基督教徒，所以书中难免会体现出基督教的价值观。据说连《埃达》都受到了基督教的影响。

　　例如无辜冤死的年轻神祇巴德尔在世界毁灭之后复活，就让人联想到耶稣基督的复活。除此之外，还有学者认为世界毁灭之后重新复苏的场景，正是受到了《新约圣经》中《启示录》的影响。不过也有研究者认为，北欧神话纯粹反映了古代北日耳曼人的信仰和思想，跟基督教并无关联。

　　无论真相如何，有一点是肯定的，那就是在基督教普及之后，对北欧众神的崇拜几乎销声匿迹了。

以北欧神话为主题的娱乐作品

人们被北欧神话的魅力折服，将其融入小说、音乐、电影和游戏之中，将神话世界带到了现实之中。

种类	标题	内容
歌剧	《尼伯龙根的指环》（德）	瓦格纳作曲。以北欧神话中的英雄齐格鲁德（齐格飞）的故事为主题，从初夜开始历时四天的音乐剧。
小说、童话	《魔戒》（J.R.R. 托尔金 / 英）	故事围绕一枚具有魔力的戒指展开。后来的众多幻想故事都受到它的影响。霍比特人、爱尔芙、人类、矮人等诸多种族都在故事中登场。
	《独眼冰巫师》《神奇树屋》（玛丽·波·奥斯本 / 美）	《神奇树屋》的第 32 册。为了帮冬天的魔法师取回眼睛，杰克和安妮踏上了旅程。命运女神诺恩斯和巨人在故事中登场。
	《贝奥武夫》（作者不详 / 英）	英国文学中最古老的传说故事之一。叙述了英雄贝奥武夫惩治巨人、矮人的冒险旅程。
电影	《雷神》（2011/ 美）	"索尔"指的就是雷神索尔。是一系列以北欧众神为主题的超级英雄动作片。
	《血染天堂路》（2009/ 丹麦）	由丹麦导演尼古拉斯·温丁·雷弗恩执导。以独眼战士为主角，叙述了维京人的故事。

连接神话与当代的 **关键词**　《霍比特人》《魔戒》中登场的矮人族源于《埃达》。地图上书写的符文则由作家兼语言学家的托尔金编写成英语。

column
北欧神话与文化

种类	标题	内容
电影	《尼伯龙根之歌》 (1924/ 德)	由弗里茨·朗执导，特娅·冯·哈堡编写剧本的幻想冒险故事。是"尼伯龙根传说"的电影版。
动画片	《圣斗士星矢·北欧篇》（日）	车田正美的同名漫画《圣斗士星矢》的动画原创剧本。讲述了圣斗士们在阿斯加德的奋斗故事。
	《魔侦探洛基》（日）	大堂寺茧良和少年侦探洛基一起挑战离奇案件的喜剧侦探片。
	《北海小英雄》（德、日）	改编自瑞典作家努勒·强森的作品。
游戏	《女神战记》（日）	以北欧神话为主题的角色扮演游戏。讲述了女武神蕾娜丝在米德加尔特寻找英灵战士的故事。
	《仙境传说》（韩）	以北欧神话的世界观为主题的网络游戏。人名、国名及道具名等多来源于北欧神话。
	《斩击的女武神》（日）	以北欧神话为主题的斩击动作游戏。讲述了奥丁、弗雷及芙蕾雅等神祇迎战巨人的故事。

第一章
Chapter 1

北欧神话的世界观

杀人事件揭开了奥丁创世神话的序幕

北欧神话的宇宙论

以宇宙树伊格德拉西尔为中心的世界观

 围绕屹立于世界中心的宇宙树所发生的故事

北欧神话是以"伫立于世界中央的一棵大树"的世界观为中心发展而来的。所有神话故事都发生在宇宙树伊格德拉西尔周围的九个世界。

北欧神话的创世神话十分特别,世界是"将始祖巨人伊米尔的躯体分解之后创建而成的"。奥丁将伊米尔的肉体、骨骼、血液、头盖骨、脑浆、头发、牙齿,甚至连毛发都不放过,一一化作了创世材料。宇宙树伊格德拉西尔上方的"天空",是伊米尔的头盖骨制成的,所以呈半圆形。世界四角(东西南北)分别由四个矮人支撑起来。"陆地"则位于深不见底的海洋中心,由伊米尔的肉体制作而成。众神的国度就是建立在这片大地上的。

神话中大致可以分为三个种族——神族、巨人族及人类。开天辟地之后,由奥丁兄弟定下了各自的住所。九个世界中包括神族的国度阿斯加德,巨人族的国度约顿海姆,以及人类的国度米德加尔特。

🔱 北欧神话的宇宙论

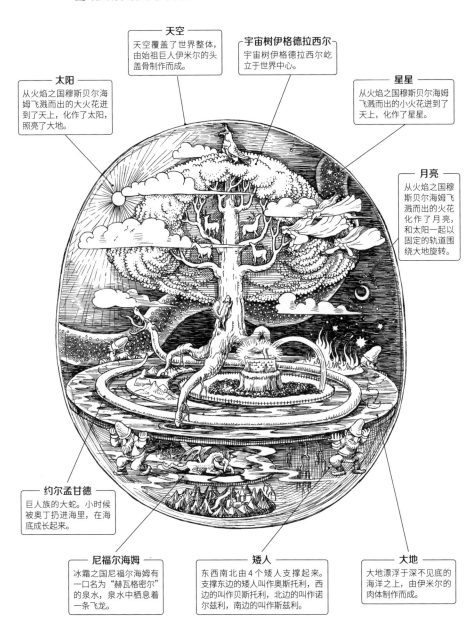

天空
天空覆盖了世界整体，由始祖巨人伊米尔的头盖骨制作而成。

宇宙树伊格德拉西尔
宇宙树伊格德拉西尔屹立于世界中心。

太阳
从火焰之国穆斯贝尔海姆飞溅而出的大火花进到了天上，化作了太阳，照亮了大地。

星星
从火焰之国穆斯贝尔海姆飞溅而出的小火花进到了天上，化作了星星。

月亮
从火焰之国穆斯贝尔海姆飞溅而出的火花化作了月亮，和太阳一起以固定的轨道围绕大地旋转。

约尔孟甘德
巨人族的大蛇。小时候被奥丁扔进海里，在海底成长起来。

尼福尔海姆
冰霜之国尼福尔海姆有一口名为"赫瓦格密尔"的泉水，泉水中栖息着一条飞龙。

矮人
东西南北由4个矮人支撑起来。支撑东边的矮人叫作奥斯托利，西边的叫作贝斯托利，北边的叫作诺尔兹利，南边的叫作斯兹利。

大地
大地漂浮于深不见底的海洋之上，由伊米尔的肉体制作而成。

广袤的大地上，位于中央高高隆起之处的便是众神的国度阿斯加德。而人类的国度米德加尔特就在阿斯加德下方，正好处于众神可俯视的位置。这也正好形成了神在天、人类在地的格局。另外，巨人的国度约顿海姆被米德加尔特的栅

column
北欧神话与中国神话的相似之处

通天建木与宇宙树

北欧神话中的宇宙树贯穿天地、连通九个国度，这棵巨大的梣树是宇宙万物的起源和载体，支撑起整个宇宙的重量。

而在中国古代的神话中，也有这样一棵通天大树，连通三界。"通天建木"是中国上古先民崇拜的一种圣树。据说，这棵树位于天地中心——昆仑山。九天鲲鹏便栖息在树顶之上。建木是沟通天地人神的桥梁。伏羲、黄帝等众帝都是通过这一神圣的"梯子"上下往来于人间、天庭。

在广汉三星堆中出土的青铜神树上，有枝叶、花卉、果实、飞禽、走兽、悬龙、神铃等，专家认为，这便是古人想象中的通天建木。

栏隔开，远在他方。地下则有创世之前就存在的、长年被冰雪覆盖的极寒之国尼福尔海姆。海中还栖息着一条巨人族的大蛇约尔孟甘德，它那长长的身躯将整个世界围了起来。至于其他国度，神话中就没有详细说明了。

那么，支撑整个世界的宇宙树伊格德拉西尔又在哪里呢？在人们的想象中，它应该高高耸立，俯视着以阿斯加德为中心的北欧宇宙全体。宇宙树的树根分成三股，分别伸入三个国度的泉水之中。一根伸入了位于阿斯加德的"兀尔德之泉"，一根伸入了位于约顿海姆的"弥米尔之泉"，最后一根伸入了冰霜之国尼福尔海姆的"赫瓦格密尔之泉"，一同支撑着粗壮的树干。赫瓦格密尔之泉里还栖息着一条名叫尼德霍格的飞龙。

北欧神话中的人物都生活在这棵大树的庇荫之下。不过宇宙树伊格德拉西尔实在是太大了，将整个世界都包在了里面，使得众神、巨人和人类无一能一睹其真面目。

宇宙树伊格德拉西尔

三口泉水

宇宙树的树根分成三股，伸入三个国度的泉水中。

弥米尔之泉

兀尔德之泉

赫瓦格密尔之泉

九个世界

无论是神族的国度阿斯加德、巨人的国度约顿海姆，还是人类的国度米德加尔特，都没有关于它们位置的详细说明。

众神的国度
阿斯加德

人类的国度
米德加尔特

巨人的国度
约顿海姆

冰霜之国
尼福尔海姆

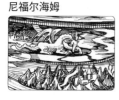

死亡之国
海姆冥界

火焰之国
穆斯贝尔海姆

宇宙树伊格德拉西尔
根须伸入三个国度，构建了整个世界的大树

✸ 吸引了形形色色生物的世界中心

宇宙树伊格德拉西尔是什么时候出现的，已经无从考证了。我们只知道在开天辟地之前，世界上什么都没有，当然也没有树木。众神的国度阿斯加德建国之后，伊格德拉西尔这个名字才出现在世间。可以想象，在天空和大地出现之后，它冒出了新芽，长出了枝叶，伸长了腰肢，历经悠久岁月，终于成长为一棵贯通世界的大树。《埃达》中是这样描述宇宙树的：

"这是一棵出类拔萃的梣树。它的树枝覆盖了整个世界，直达天际。牢牢撑起树干的树根，分成三股，延伸到了远处。一股伸入阿萨神族的领地，一股伸入巨人的国度，第三股伸入了冰霜之国尼福尔海姆。它是如此之高，以至于树冠浸润在了雾气之中。滴落进山谷的露水，正是源自于它的枝叶。它耸立于兀尔德之泉畔，常葆青春，始终散发着翠绿色的光辉。"

三股根须伸入不同的泉水中，一根伸入天际（阿斯加德）的命运之泉"兀尔德之泉"，一根伸入巨人国度的知识

北欧神话中的神圣之树

北欧神话中多次出现具有象征意义的树木。首先是被当作宇宙树伊格德拉西尔的梣树。人们对梣树十分信赖，在树上雕刻符文之后，把它当作护身符带在身上。其次是长寿的紫杉树，欧洲人认为紫杉树上寄宿着神祇，不仅对它十分崇拜，还将它种在了墓地和教堂周边，希望它能守护大家。所以，有人认为它才是宇宙树的树种。至于被当作凶器杀死了奥丁之子巴德尔的槲寄生，也在魔法和医学中频频登场。最后就是女神伊登所守护的苹果树，它在基督教普及之前就已经是爱和美的象征了。苹果在神话中具有返老还童的功效。

之泉"弥米尔之泉"，最后一根伸入冰霜之国的毒与死亡之泉"赫瓦格密尔之泉"，泉水下方则是冥界女王海拉的居所。

此外，树上还栖息着各种各样的动物。树顶上停着一只大雕，大雕的头顶上停着一只老鹰。据说，这只大雕一旦扇动翅膀准备起飞，树下就会刮起大风。树干上则有一只名叫拉塔托斯克的松鼠，它常常上蹿下跳，主要充当树顶的大雕和树根处的飞龙尼德霍格吵架的传声筒。

奥丁将自己吊在宇
宙树上，以便获得智慧。
威廉·G.柯林伍德绘。

拜这些动物所赐，伊
格德拉西尔每天都在煎熬
之中度过。树枝上有四头
雄鹿专门啃食新长出来的
嫩芽。下方则有飞龙尼德
霍格在不停地啃咬树根，
它不仅自己咬，还指挥手
下的千万条蛇一起帮着咬。
还好命运三女神诺恩斯每
天都会从兀尔德之泉打来

水，浇灌这棵可怜的大树，使之永远不会枯萎。伊格德拉西尔会结果实，树干能分泌出甘甜的蜜汁。据说，只要吃了伊格德拉西尔结出的果实，就能平安生出小孩。

那么，这棵大树跟众神又有什么关系呢？其中，关系最大的莫过于奥丁了。他祈愿自己能获得智慧，永葆青春，便将自己倒吊在大树上，还拿一把枪往自己身上戳。历经九天九夜的苦难，终于掌握了拥有神秘力量的符文。从此，这棵大树就被叫作伊格德拉西尔。"伊格"的意思是恐怖之人，是奥丁的别名。"德拉西尔"则是马的意思。欧洲把犯人被判绞刑一事称作"骑马"。因此，奥丁倒吊于树下的样子就被叫作"奥丁之马"，即伊格德拉西尔。

在末日之战——诸神的黄昏的时候，伊格德拉西尔因恐惧而颤抖起来，搞得整个世界都震颤不已。尽管大树在战火中饱受煎熬，却并没有倒下。栖身于伊格德拉西尔树洞中的人类靠舔舐朝露为生，最后成为新人类的祖先。

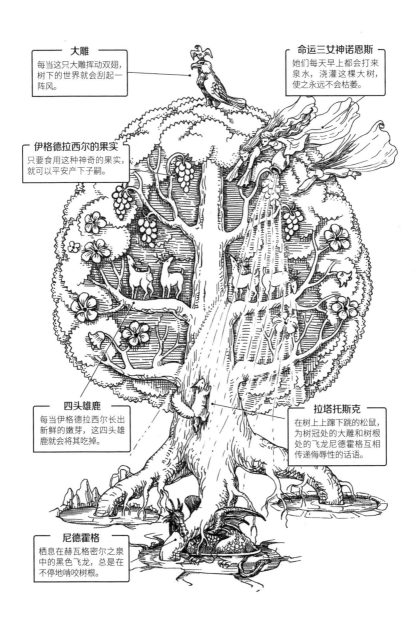

大雕
每当这只大雕挥动双翅，树下的世界就会刮起一阵风。

命运三女神诺恩斯
她们每天早上都会打来泉水，浇灌这棵大树，使之永远不会枯萎。

伊格德拉西尔的果实
只要食用这种神奇的果实，就可以平安产下子嗣。

四头雄鹿
每当伊格德拉西尔长出新鲜的嫩芽，这四头雄鹿就会将其吃掉。

拉塔托斯克
在树上上蹿下跳的松鼠，为树冠处的大雕和树根处的飞龙尼德霍格互相传递侮辱性的话语。

尼德霍格
栖息在赫瓦格密尔之泉中的黑色飞龙，总是在不停地啃咬树根。

北欧神话的九个世界

构建了北欧神话舞台的诸国

◆ 阿萨神族的国度阿斯加德

阿斯加德是阿萨神族居住的国度。那些与阿萨神族缔结了契约的华纳神族和巨人族也居住在此。阿斯加德坐落于一个高台上（从人类的角度看来就是天上），被巨人铁匠建造的厚厚城墙围住。阿斯加德有一口名叫"兀尔德之泉"的泉水，宇宙树伊格德拉西尔的根须伸入其中。泉水边是集会地，众神每天都会在这里进行各种各样的判决。男性神祇居住的宫殿叫作格拉兹海姆，女性神祇居住的宫殿叫作梵格尔夫，奥丁为了聚集战死者而建造的英灵殿叫作瓦尔哈拉。此外，城墙中还散落着其他各式各样的宫殿。这些宫殿的屋顶、墙壁及家具都是用金子打造而成的，据说，整个阿斯加德看起来就好像太阳一般散发出璀璨的光芒。

阿斯加德有一条成文的规定，就是城内禁止武力争斗，流血冲突更是被严令禁止。就算入侵而来的巨人也是一视同仁，只可以礼相待，切不可夺取对方的性命。据说，要想从其他国度进入阿斯加德，只有两个途径，要么穿过彩虹桥，要么飞进去。

阿萨神族的国度阿斯加德

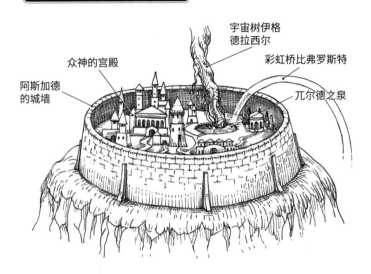

阿斯加德
的城墙

众神的宫殿

宇宙树伊格
德拉西尔

彩虹桥比弗罗斯特

兀尔德之泉

◆ 阿斯加德城中的众神宫殿

奥丁的宫殿	奥丁的住所，屋顶用纯银打造，熠熠生辉。大厅里摆放着一个王座，坐在上面可以俯瞰全世界。
弗丽嘉的宫殿芬撒里尔	弗丽嘉的住所，极尽奢华，无比优雅。宫殿的名字虽然有"海之宫殿"的意思，但不是真的坐落在海面上。
男性神祇的宫殿格拉兹海姆	宫殿名字的意思是"欢喜世界"。一共有12座，都是用金子建造而成，金光闪闪。瓦尔哈拉也是其中之一。

战死者的集结地 瓦尔哈拉	由长枪打造而成,整体被黄金之盾所覆盖,由于地方不够,铠甲就摆在椅子上。宫殿一共有 540 扇门,主人是奥丁。东西门上各吊着一只狼,狼的头上有大雕在飞。
女性神祇的宫殿 梵格尔夫	宫殿很漂亮,与女神的身份相符。战争中死亡的女性也会被送来这里。
索尔的宫殿 毕尔斯基尔尼尔	索尔和妻子西芙居住的宫殿。里面有 540 个房间,堪称世界上最大的房子。
海姆达尔的宫殿	位于天边的一座宽敞舒适的宫殿,将连通米德加尔特的彩虹桥尽收眼底。
芙蕾雅的宫殿 弗尔克范格	宫殿的名字是"战场"的意思。大厅里摆满了座位,只有被芙蕾雅挑选出来的战死者才有资格坐。
命运女神诺恩斯的宫殿	坐落于兀尔德泉畔的美丽宫殿。旁边耸立着郁郁葱葱的宇宙树伊格德拉西尔。

◆ 巨人的国度约顿海姆

　　巨人族居住的国度,坐落于人类的国度米德加尔特围栏之外。有人说在东方,也有人说在北方。为了保护人类,奥丁兄弟在创世时将幸存的一对巨人男女赶到了世界的尽头。在那里,巨人的后裔就繁衍生息起来。约顿海姆有一口名叫"弥米尔之泉"的泉水,宇宙树伊格德拉西尔的根须伸入其中。泉水的主人叫作"弥米尔的头",负责将智慧和知识授

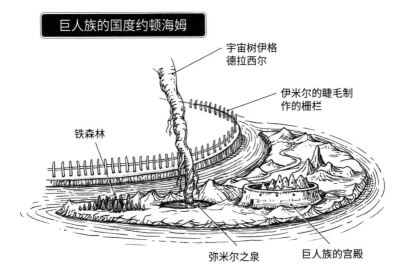

巨人族的国度约顿海姆

宇宙树伊格
德拉西尔

伊米尔的睫毛制
作的栅栏

铁森林

弥米尔之泉

巨人族的宫殿

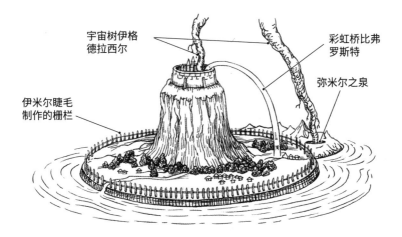

人类的国度米德加尔特

宇宙树伊格
德拉西尔

彩虹桥比弗
罗斯特

弥米尔之泉

伊米尔睫毛
制作的栅栏

予来访之人。奥丁对弥米尔施了魔法，让他只留了个头存活下来，并时不时地拜访他，向其索求智慧。领地中还有狼形女性巨人居住的铁森林。

奥丁与弥米尔的头交谈。约翰·鲍尔绘。

◆ 人类的国度米德加尔特

　　人类居住的国度，位于阿斯加德的正下方，被用伊米尔睫毛制作的栅栏围在里面。据说，米德加尔特中的一举一动被众神尽收眼底。以奥丁为首的神祇偶尔会到米德加尔特来，他们变身成人类，在此尽情折腾一番。据说，也有人类

北欧神话中所说的死后世界，是永生不灭的地方。善良的人会到天上的吉姆列馆邸与诸神一起生活，邪恶之人则会堕落到冰霜之国尼福尔海姆，那里与死亡之国没有什么分别。

在领受了众神授予的符文和咒术之后，学会了变身魔法，齐格蒙德、海尔吉、齐格鲁德等英雄留下了种种传说。

◆ 冰霜之国尼福尔海姆

尼福尔海姆是一个在开天辟地之前就存在的、被冰雪所覆盖的极寒之国。据说，世界上一切恐怖之物都出自这里。尼福尔海姆有一口名叫"赫瓦格密尔"的毒泉，伪善者、杀人犯的尸体都会被投入泉中，然后泉水分成数条河流流淌开来。泉水中有无数条蠕动的蛇，还有一条漆黑的、整日啃咬着宇宙树伊格德拉西尔树根的飞龙尼德霍格。

◆ 死亡之国海姆冥界

海姆冥界是冥界女王海拉所支配的国度，位于比冰霜之国尼福尔海姆更深的地底下。海拉将病死者、衰老致死者收容在宫殿埃琉德尼尔中，让他们继续生活下去。死后要想进入海姆冥界，需要渡过吉欧尔河，穿过黄金桥加拉尔。桥边有一个名叫莫德古德的少女在站岗，只有获得她的许可，才有资格通过。过桥之后，该松一口气了吧？然而，冥界入口处还有一只名叫加尔姆的看门狗在游荡，要想进去并非易事。

另外，据说海拉宫殿的东面还有一片墓地，埋葬着赋予奥丁智慧的巫女们。

◆ 火焰之国穆斯贝尔海姆

穆斯贝尔海姆也是在开天辟地之前就已存在的国度，是与冰霜之国尼福尔海姆截然相反的存在，位于金伦加鸿沟的南部。这里被火焰包围，火花四射飞溅，飞溅的火花化作了太阳、月亮和星星。

◆ 华纳神族的国度华纳海姆

华纳海姆是华纳神族居住的国度。其样子和所在之处并没有详细说明，仅知道它地处偏僻，没有受到末日之战——诸神的黄昏的影响。

◆ 白精灵的国度爱尔芙海姆

爱尔芙海姆是传说比太阳还要华美的里流斯爱尔芙（白精灵）所居住的国度。在华纳神祇弗雷尚处婴儿阶段的时候，阿萨神族为了庆祝其长出牙齿，将爱尔芙海姆内的一座城堡送给了他。据说，长大后的弗雷把它当作别墅，偶尔会去那里小住。

◆ 黑精灵的国度史瓦尔德爱尔芙海姆

史瓦尔德爱尔芙海姆是铎克爱尔芙（黑精灵）所居住的国度。具体情况不明。

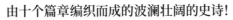

北欧神话故事
由十个篇章编织而成的波澜壮阔的史诗!

故事1　世界之初天昏地暗

很久很久以前，世界上什么都没有。没有沙子，没有海洋，没有冰冷的波涛，没有大地，也没有天空，有的只是一片雾蒙蒙的光景。在世界的中心位置，有一条名叫"金伦加"的巨大鸿沟。这条鸿沟深不见底，裂口大大地张开着，不过里面倒是宛如无风的天空一般，宁静而祥和。

金伦加鸿沟的北面，是黑暗而寒冷的冰霜之国尼福尔海姆。在一片雾气弥漫的黑暗中，唯有风暴呼啸的隆隆声在回响着。尼福尔海姆的中央有一口名叫"赫瓦格密尔"的泉水，它流出来的泉水又分流成好几条河流流向四面八方，据说其中有条河里的水是有毒的。河水因太过寒冷，流到一半就结成了冰块，坠落到金伦加鸿沟的底部，撞击声好像雷鸣一般。

关于北欧神话的疑问

《诗体埃达》中写道："起初，世界上什么都没有。"然而当时唯一存在的是一条鸿沟，鸿沟之北是严寒之国，南面则是酷暑之地。这般景象实在是现代人无法想象的。

这是位于冰岛的黛提瀑布，冰川以惊人的气势从大地的裂缝中猛
冲而下。这幅既原始又野性的景观，宛如金伦加鸿沟再现一般。

尼福尔海姆虽然在大地形成之前就已经存在了，不过比
它更早存在的，是金伦加鸿沟南面的火焰之国穆斯贝尔海
姆，那里终年燃烧着熊熊大火，不仅把大地烤得炽热难耐，
还把夜晚的天空照得好像白昼一样。除非在这个国度土生土
长，外人根本别想踏进一步。

火焰之国的国境上站着一个手持火焰之剑的巨人，他很
早就出现在世界上了，比任何一个神祇、巨人都要早，他就
是苏尔特尔。无论是末日之战——诸神的黄昏的爆发，还是

世界的毁灭，都是因为这个巨人。

冰冷而昏暗的冰霜之国尼福尔海姆，炎热而明亮的火焰之国穆斯贝尔海姆，一条深不见底的鸿沟的南北相对位置上，坐落着这两个属性对立的国度，这就是整个世界的原始风貌。

故事2　始祖巨人伊米尔诞生

冰霜之国尼福尔海姆的冰块不断掉落到金伦加鸿沟底部，渐渐形成了一座巨大的冰山。冰山的高度不断提升，终于从鸿沟中探出了头。火焰之国的热风从南面吹了过来，融化了冰块，形成水滴吧嗒吧嗒掉落下来。

渐渐地，水滴之中孕育了生命，一个巨大的生物就此诞生，并化作了人形，那就是巨人族的祖先——始祖巨人伊米尔。他后来被阿萨众神叫作"邪恶的霜巨人"，不过那是后话了。

与此同时，一只名叫欧德姆布拉的母牛也从水滴中诞生了。母牛巨大的乳房流出了纯白的牛奶，化作四条河流流淌开来。于是，伊米尔便喝着牛奶，一天一天成长起来。

一天，伊米尔迷迷糊糊地打着盹，全身莫名其妙被汗水浸湿了。紧接着，一男一女从他腋下诞生了；他的双脚交叉后，又有一个男孩诞生了。

　　后来，他的这些子女又繁衍出子子孙孙，世界上一时遍地都是巨人。

故事3　阿萨神族之王——奥丁的诞生

　　母牛欧德姆布拉不停舔舐覆有霜盐的冰块，它舔啊舔，一个黑漆漆的东西显现了出来，看起来好像一团头发。第二

⚓阿萨神族出现的经过

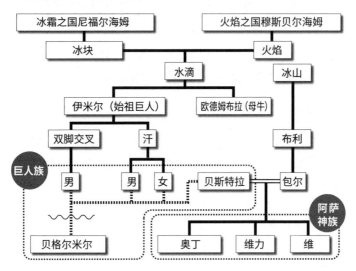

北欧神话小知识　伊米尔的名字"Ymir"与印欧语系的神祇之一的古印度神"阎摩"（Yama）相似，两者都是雌雄同体，繁衍了世间万物，被视为所有种族的始祖。

天，一个头颅的形状显现了出来。第三天，肩膀和背脊显现了出来。后来，一个男子站了起来。该男子名叫布利，是一个身材魁梧、孔武有力、容颜姣好的美丽神祇。

不久之后，布利生了一个儿子，取名为包尔。包尔迎娶了巨人女孩贝斯特拉，两人生下了三兄弟，其中，长男就是后来统治北欧神话世界的众神之父奥丁。

故事4　北欧世界始于一起分尸案！

很快，奥丁三兄弟茁壮成长起来，成为聪慧而野心十足的神祇。他们渐渐疏远了始祖巨人伊米尔，最后竟做了一件惨绝人寰的事情——将伊米尔残忍杀害，并分解其肉身。由于伊米尔身体过于庞大，流出的鲜血形成了大洪水，世界顿时淹没在了鲜红的血水之中。洪水肆虐，伊米尔一族的巨人几乎全部命丧其中，只有名叫贝格尔米尔的巨人和他的妻子坐在一个石臼里面，侥幸逃过一劫。后来的巨人全部是这两个巨人的子孙。

血之洪水退去之后，奥丁三兄弟便开始着手创造世界。他们把伊米尔的肉体扔进金伦加鸿沟中，制造了大地；用流

拥有一头乌黑亮丽秀发的巨人之女诺特（夜）与阿萨神生下一名男孩，名叫达格（昼）。奥丁将一驾马车赠予这对母子，将他们安置在天空，使其每12个小时绕大地一次，因此有了白天与夜晚。

⚓ 奥丁三兄弟的创世过程

始祖巨人惨遭杀害之后,他的尸体被奥丁三兄弟用来创造世界。骨头和血肉自不用说,被用来创造世界,甚至连一根睫毛和头发都没有被放过。

淌的鲜血制造了海洋与河流；用大骨头制造了山脉和岩石；用牙齿、下巴和碎骨制造了大小石块；用头发制造了花草树木；把伊米尔的头盖骨盖在大地上，创造了半圆形的天空，并让四个矮人分别站在四个角上，把大地支撑起来。支撑东边的矮人叫作奥斯托利，西边的叫作贝斯托利，北边的叫作诺尔兹利，南边的叫作斯兹利。最后伊米尔的脑浆被扔上天空，化作了云彩。这之后，虽然宇宙的大体构造已经完成了，可依然是昏暗一片，不见天日。于是，他们又从火焰之国穆斯贝尔海姆取来了火花，往天上一撒，化作了星星。其中，两颗特别大的火花化作了太阳和月亮，围绕大地运转起

 column
北欧神话与中国神话的相似之处

盘古与伊米尔

　　奥丁三兄弟杀死伊米尔后，伊米尔的身体化为世间万物，才形成了整个世界。这样的创世说，在中国神话中也有类似的记载。《五运历年记》记载："首生盘古，垂死化身，气成风云，声为雷霆，左眼为日，右眼为月，四肢五体为四极五岳，血液为江河，筋脉为地理，肌肉为田土，发髭为星辰，皮毛为草木，齿骨为金石，精髓为珠玉，汗流为雨泽，身之诸虫因风所感，化为黎甿。"

来。据说，在这之后，人们才有了日期的概念。

而伊米尔幸存的后代贝格尔米尔，则被奥丁三兄弟赶到了世界的尽头——约顿海姆，被完全隔离开来。处理完各种琐事之后，以奥丁为首的阿萨神族这才开始在大地的中央大兴土木，用黄金打造起光芒四射的众神之国阿斯加德。

故事5　人类的起源——从树木中诞生的一男一女

有一天，奥丁、维力和维在海边散步，看到两根被潮水冲到岸上的木头，便捡了起来，雕刻着玩。他们把桦木刻成了男人的样子，将榆木刻成了女人的样子。然后，奥丁为木雕注入了生命和灵魂，维力为木雕赋予了智力和体力，维为木雕赋予了视力、听力和语言。于是，两个木雕就有了生命，活了起来，成为人类的男女祖先。众神为男子取名阿斯克尔，为女子取名埃姆布拉，让他们穿上衣服之后，住进人类的国度米德加尔特。那里位于用伊米尔肉体制造的大地中央，周围是用伊米尔的睫毛制成的栅栏，栅栏外面则是一片汪洋大海。众神为了让人类免受巨人的侵害，也是下足了功

奥丁用来制作男人的桦木和宇宙树是同一种树，这种树也被用来制造魔法师的手杖，有咒术之力。而用榆树来制作女人的故事，在爱努人的创世神话中也可以看到。

夫。于是，这对男女便安下心来，不断繁衍后代，米德加尔特渐渐人丁兴旺起来。

故事6　众神世界阿斯加德的阴影

阿斯加德的生活既奢华又舒服，大家沉浸在一片幸福之中。阿萨众神住在用黄金和宝石打造的瑰丽宫殿里，身上佩戴着华丽的项链和戒指，始终以光彩照人的身姿过着每一

洛基找到了古尔薇格的心。约翰·鲍尔绘（1911）。

以奥丁为首的阿萨神族确立统治地位

世界之初

伊米尔的时代

奥丁确立统治

冰与火的碰撞产生了水滴，水滴中孕育了生命，始祖巨人伊米尔和母牛欧德姆布拉从中诞生。

母牛欧德姆布拉舔舐冰块之后，布利出现了。布利生下了包尔，包尔迎娶了巨人女孩贝斯特拉，生下了奥丁三兄弟。

奥丁三兄弟将伊米尔杀害！

奥丁三兄弟用伊米尔的尸体创造了世界。在大地中央大兴土木，打造了众神的世界阿斯加德。

奥丁三兄弟发现了漂流而来的梣树和榆树，赋予其生命，造出人类男女。

奥丁	维力	维
生命和灵魂	智力和体力	视力、听力和语言

梣木	榆木
阿斯克尔（男）	埃姆布拉（女）

奥丁创造了人类的世界米德加尔特，用伊米尔的睫毛制成栅栏围了一圈，让两人住在里面。

天。宝石饰品的光辉与他们的秀发、肌肤交相辉映，照亮了整个世界。

　　时光流逝，一个女子造访了阿斯加德。女子名叫古尔薇格，是个精通魔法的女巫。古尔薇格进城之后，让女神体验到淫靡的快感，点燃了她们心中的欲念。阿斯加德宁静而美好的生活就此蒙上了一层阴影。此外，众神还对黄金产生了贪欲，性情也变得暴躁起来。为了恢复往日的宁静生活，众神把古尔薇格抓了起来，用长枪猛戳她的身体，又放了把火想把她烧死，却以失败告终。古尔薇格的魔力实在太强大了，在烈火中死而复活，如此反复三次。起初，众神不清楚古尔薇格的来头，后来才知道她是华纳神祇。华纳神族知道古尔薇格遭受的苦难之后，向阿萨神族提出抗议，并要求赔偿。

故事7　世上第一场战争 —— 阿萨神族VS华纳神族

　　以奥丁为首的众神开始讨论解决方案，到底是向对方赔偿，还是送个替罪羊过去让对方发泄怒气呢？最后，两个方

每位神向壶里吐一口唾沫当作和解的凭证，从而诞生了贤者卡瓦希尔。经过矮人的加工，壶中的液体变成了神族与巨人族争相掠夺的具有魔力的"诗蜜酒"。

⚓阿萨神族VS华纳神族的停战协约

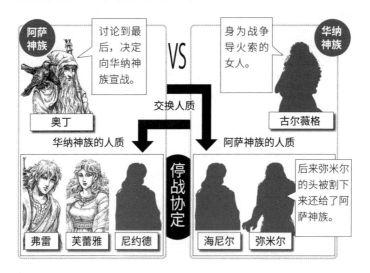

阿萨神族　讨论到最后，决定向华纳神族宣战。

VS

身为战争导火索的女人。　华纳神族

奥丁

交换人质

古尔薇格

华纳神族的人质

停战协定

阿萨神族的人质

弗雷　芙蕾雅　尼约德

海尼尔　弥米尔

后来弥米尔的头被割下来还给了阿萨神族。

案都被否决了。奥丁高举自己的长枪，往华纳众神中一扔，以此拉开了战争的序幕。世上第一场战争就此打响。

华纳神族呐喊着冲向阿斯加德。那时，阿斯加德的城墙还不太牢固，一下子就被摧毁了。之后，战争陷入胶着状态，最后双方打得筋疲力尽，决定互换人质，签订停战协约。阿萨神族送出了海尼尔和弥米尔，华纳神族送出了尼约德和他的子女芙蕾雅、弗雷。从此以后，阿萨神族和华纳神族便携起手来，齐心协力对抗起了巨人族。

故事8　光明神巴德尔之死——毁灭的预言

　　双方和解之后，暂时过了一段太平日子。可是不久之后，阿斯加德上空再次蒙上了一层阴影。奥丁听到了阿萨众神将要灭亡的预言。尽管他使尽了手段，千方百计想扭转这一命运，可是依然难以抹消心中的不安。他的一连串举动搞得人类世界战乱不断，世风日下。最后，发生了一起决定性的事件——光明神巴德尔之死。巴德尔华美无比、光彩照人，受到阿萨众神的一致喜爱，真可谓是大家的掌上明珠。导致巴德尔之死的罪魁祸首，是巨人族的洛基。阿斯加德从此失去了光辉，奥丁意识到毁灭的预言正一步步逼近。

巴尔德之死。多罗西·哈迪绘。

故事9　诸神的黄昏——末日之战爆发

末日之战一触即发，太阳失去了光辉，世界变得黯淡无光。从此，夏天不再，凛冽的寒冬整整持续了三年。刺骨的寒风呼呼地刮着，大雪不停地下着，寒霜不断地侵蚀着世间万物，一场席卷世界的大战就此爆发。大战之中，兄弟相残，亲族乱伦，人世间呈现出一派血泪交织、宛如地狱般的景象。

战争接近尾声，最恐怖的事情发生了。巨狼吞噬了日月，天空失去了光辉，群星接二连三地坠落下来。山崩地裂，一切枷锁就此断裂。

巨人族的洛基和他的孩子巨狼芬里尔趁机挣脱了束缚。芬里尔张开血盆大口扑向阿萨众神，洛基则率领巨人族向阿斯加德发动猛攻。大蛇约尔孟甘德从海底匍匐而出，登上了陆地。火焰之国穆斯贝尔海姆中的炎之巨人苏尔特尔也急急忙忙赶赴战场。

奥丁对抗"诸神的黄昏"的计策之一便是将人间战亡的勇士的灵魂召集到他的英灵殿中。他插手了人类的命运，将勇者亡魂召唤到自己身边，来强化军队战力。

⚓ 围绕巴德尔之死的种种事件

巴德尔之死的预言

巴德尔之母弗丽嘉听到儿子之死的预言后,宣称除了槲寄生之外,任何东西都别想伤害巴德尔。

奥丁   **弗丽嘉**

奥丁之子,为大家所喜爱。容姿秀美,光彩照人,聪明贤惠,心地善良。

巴德尔遇害

在洛基的阴谋下,巴德尔被黑暗之神霍德尔扔出的槲寄生射穿了身躯,不幸身亡。

洛基

巴德尔复活失败

以巴德尔之母为首的众神尝试了各种手段来复活巴德尔,可又在洛基的阴谋下失败,巴德尔最后还是逗留在了冥界。

光明神巴德尔

抓捕洛基及世界加速毁灭

洛基悄然远离众神,结果还是被奥丁他们抓了回来,遭受了拷打。奥丁意识到世界即将毁灭之后,就到人类的世界散心去了。

成为末日之战——诸神的黄昏爆发的契机!

看到巨人如潮水一般从四面八方涌了过来，海姆达尔将号角加拉尔高高举起，吹响了集结的号声。阿萨神族和巨人族在维格利德原野展开了激战。众神与巨人捉对厮杀起来。战斗实在是太过惨烈，奥丁、索尔、弗雷、提尔等主要神祇一个接一个倒下了。最后，苏尔特尔将火焰之剑扔了出去，大地顿时被火焰包围，沉入海底。到此为止，预言完全应验了，世界就此毁灭。

故事10　众神世界复苏，人类子孙繁衍

也不知过了多久，下沉的大地浮出海面，一片郁郁葱葱的景象，比毁灭之前更富饶了。瀑布的隆隆之声响彻天地，大雕时而在天空中悠然飞翔，时而如离弦之箭，俯冲入海中猎取食物。没有人播种，谷物却生长得欣欣向荣。太阳在被巨狼吞噬之前，曾生下一个美丽的女儿。现如今，她肩负起母亲的职责，回到原来的轨道上，以新生太阳之名再一次照亮大地。

巨人苏尔特尔的来历始终是个谜。虽然描述为跟其他巨人一样，是人形姿态，不过他可是在开天辟地之前就存在了，比始祖巨人（伊米尔）的资历还要老。所以也有人说他其实是火焰之力和恐怖的化身。

从末日之战——诸神的黄昏爆发，到世界重生的整个过程

末日之战——诸神的黄昏

天变地异，太阳和月亮被巨狼吞没。

↓

人类世界衰退，战争此起彼伏。

↓

巨人联合军攻入了众神的世界。

↓

海姆达尔吹响了加拉尔，战争开始。

↓

众神和巨人在维格利德原野展开激战。

↓

全世界被火焰包围，世界末日到来。

世界的重生

大地从海洋中浮起。

↓

太阳再次活动起来，照亮了全世界。

↓

幸存的人类成为新人类的祖先。

↓

幸存的众神在天上过起了幸福的生活，直到永远。

第二章

Chapter
2

北欧神话中的登场人物

神族、巨人族、人类及各种族所居住的世界

众神与各种族之间的关系

　　北欧神话中，有神族、巨人族和人类三个种族。其中，神族又分为阿萨神族和华纳神族，主要神祇都属于阿萨神族。总的来说，可以理解为以阿萨神族为中心的神族、巨人族，以及神族统治的人类这样的世界格局。

◆ 阿萨神族（居所：阿斯加德）

　　阿萨神族可以说是北欧神话中神祇的代表。至高神奥丁创造了世界，还掌管着生死、智慧、法律、战争及魔法。"Ass"（阿萨）是生命、生命力的意思，表示阿萨众神能够赋予别人生命力。他们定期服用青春苹果，以此永葆青春。不过，受了致命伤还是会死亡。

◆ 华纳神族（居所：华纳海姆&阿斯加德）

　　华纳神族是掌管丰饶、财富、多产的神族。其中，有掌管海洋、渔业和贸易的神祇，也有带来五谷丰登的神祇，为人们所崇拜。"Vanr"（华纳）是闪耀光辉之人的意思。他们不但容姿端正，散发着男性、女性之美，还擅长魔法和预言。

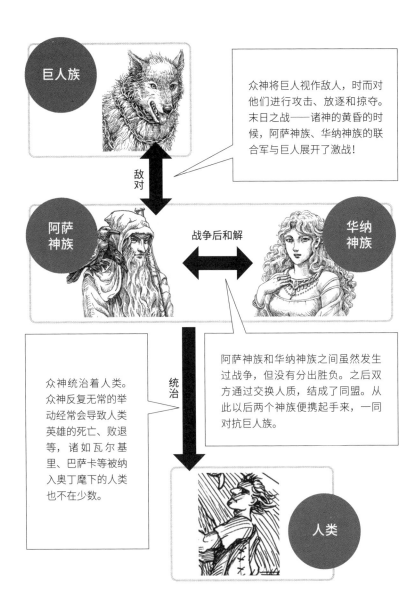

巨人族

众神将巨人视作敌人，时而对他们进行攻击、放逐和掠夺。末日之战——诸神的黄昏的时候，阿萨神族、华纳神族的联合军与巨人展开了激战！

敌对

阿萨神族

战争后和解

华纳神族

众神统治着人类。众神反复无常的举动经常会导致人类英雄的死亡、败退等，诸如瓦尔基里、巴萨卡等被纳入奥丁麾下的人类也不在少数。

统治

阿萨神族和华纳神族之间虽然发生过战争，但没有分出胜负。之后双方通过交换人质，结成了同盟。从此以后两个神族便携起手来，一同对抗巨人族。

人类

◆ 巨人族（居所：约顿海姆等地）

与众神敌对的种族。以始祖巨人伊米尔为祖先的巨人们不断繁衍子孙，终于威胁到了众神。巨人之中不乏狼和蛇等形态诡异的存在，但也有与神族通婚的美丽女巨人，以及跟奥丁拜把子结成了义兄弟的巨人。

◆ 人类（居所：米德加尔特等地）

相对于众神而言，人类是低等的存在。他们经常被众神轻率的举动耍得团团转，不过在英雄传说中登场的人也不在少数，比如瓦尔基里这种受奥丁直接管辖的人。

奥丁

Profile Data

出　身	阿萨神族
性　别	男
持有物	永恒之枪昆古尼尔、黄金手镯德罗普尼尔、奥丁王座、爱马斯莱布尼尔

✷ 长于智谋，擅长魔法，统领众神的主神

奥丁是北欧神话中的至高神，奥丁"Oðinn"这个名字的意思是"暴怒"和"疯狂"。母牛欧德姆布拉舔舐冰块之后，布利诞生了，布利的儿子包尔和女巨人贝斯特拉生下了三兄弟，奥丁是长子。他联合弟弟维力和维，一同杀死了始祖巨人伊米尔，用他的肉体创造了世界，因此奥丁又被称作"万物之父"。奥丁的外表看起来像个老者，他身披斗篷，手持神枪昆古尼尔。虽然只有一只眼睛，不过奥丁将帽子戴得很低，将它遮挡了起来。他肩上停着两只乌鸦，一只叫作胡基，另一只叫作穆宁，为他传达世界上所发生的各种奇闻逸事。除了葡萄酒，奥丁不吃任何东西，每天端上餐桌的大量美味佳肴都喂了他脚边两只名叫基利和库里奇的狼。

奥丁虽然身居至高神之位，却争强好胜，反复无常，喜欢搞阴谋诡计，背叛和说谎更是家常便饭。总之，他性格复

奥丁是古代北欧人最崇拜的神祇，尤其是在 8～11 世纪的维京时代。他因施展智慧与计谋取胜而成为人们的信仰，现存许多石碑上仍刻有奥丁的事迹。

奥丁。伯恩·琼斯绘。

杂、善恶交织，涉足多个领域。根据他的特长，他是知识与诗艺之神、战争之神、魔法与死亡之神。

性格多变的奥丁给神族、巨人族及人类的命运造成了极大的影响，其中又以人类的国度米德加尔特为甚。只要人们向奥丁祈愿胜利，奥丁就会积极给予回应，所以大家无论在陆地还是海洋，一碰到危险就会马上高呼奥丁的名字，祈求他的保佑。然而，奥丁性格反复无常，有时的确会实现人们的诉求，有时则不然。奥丁喜欢恶作剧，好端端的一个人突然死掉，和和气气的王公贵族突然和别人吵起架来，两个国家无缘无故地爆发战争，都可能是他搞的鬼。奥丁还会让人类的英雄在战斗中死去，让名不见经传的小人物获得胜利，可谓别有用心。他将死去的英雄迎入英灵殿，编入自己的军队以备战"诸神的黄昏"。奥丁自己擅长符文、魔法及

column

有关奥丁的 **小** ● **故** ● **事**

奥丁的三面性

◆ 知识与诗艺之神

奥丁口才极佳，说话不仅通顺流畅，而且押韵，好像在唱诗一样，令听者无不叹为观止。据说，从他口中说出的唯有真实。奥丁对知识有着极强的探求欲，为此不惜进行严酷的修行。据说，他在宇宙树伊格德拉西尔上倒吊了整整九天九夜，终于掌握了神秘的符文。为了喝一口智慧之泉的泉水，不惜舍弃自己的一只眼睛，以获取丰富的知识。

◆ 战争之神

奥丁拥有极强的武运，在任何战斗中都能轻松取胜。他在阿斯加德建造了英灵殿瓦尔哈拉收容战死者，然后日夜操练，将其培养成勇猛的战士恩赫里亚，以备战"诸神的黄昏"。同时，奥丁命令女武神瓦尔基里前往战场挑选战死者，接回英灵殿善加款待。据说，在基督教普及之前，北欧的战斗队形、楔形列阵都是奥丁发明的。

◆ 魔法与死亡之神

奥丁善用魔法，因此被人称为魔法之父、多面者等。

他不仅能自由地操纵符文、咒歌，还能探知他人的命运和未来，给他人带去死亡、灾厄和疾病。他不仅能够夺取他人的知识和力量，还能将其赠予另外的人。他还擅长变身魔法，经常用魔法获取自己想要的东西。他用一句话就能熄灭火焰，平息怒涛，改变风向。他的爱马斯莱布尼尔不仅能上天飞翔，还能入地进入冥界。

咒歌，也不吝惜将其授予人类。为此，魔法知识和预言诗等技法在人类世界也广为流传。

另一方面，奥丁跟女性的关系也是"剪不断，理还乱"。他在拥有正妻弗丽嘉的同时，还跟爱与丰饶的女神芙蕾雅等人保持着情人关系。除了神族女性之外，他还经常利用巨人族和人类的女性，跟她们逢场作戏，以获取自己想要的东西。

在末日之战——诸神的黄昏中，奥丁被巨狼芬里尔吞进了肚子。虽然他早就获知预言，也想尽办法来扭转这一命运，可是就结果而言，他的种种反抗行为反而加速了预言的实现。

北欧神话
小知识　奥丁酷爱旅行，经常微服出行，前往米德加尔特等地游历。尽管他偶尔会单独旅行，但大多时候都带着洛基、海尼尔或其他诸神。

令奥丁陷入不安的毁灭预言

在巨人和人类的对话中，时不时会流传出毁灭的预言，奥丁听了之后忧心忡忡，惶惶不可终日。

巨人瓦夫苏鲁特尼尔的预言

"太阳被芬里尔吞噬之前，早已生下独生女。众神死后，女儿将踏上母亲的轨迹继续闪耀光辉。"

"苏尔特尔的火焰熄灭之后，维达和瓦利将重回旧址，进驻众神的老家。摩帝和曼尼在战争结束之后，将重获雷神之锤姆乔尔尼尔。"

"巨狼吞噬万物之父以后，维达将为父报仇。"

冥界女王海拉的预言

"霍德尔将杀死巴德尔，夺取奥丁之子的性命。"

"奥丁之子瓦利出生一天后便要面对战斗。巴德尔大仇未报之前，瓦利不会洗手，亦不会梳头。"

"洛基终将挣脱束缚，以破坏者之姿给众神带来毁灭。此后再也无人造访我的国度。"

巨龙法夫纳的预言

"众神将在奥斯科普尼尔战斗。他们穿过彩虹桥比弗罗斯特之后，桥会崩塌，马匹将落入水中。"

索尔

Profile Data

出　身	阿萨神族
性　别	男
持有物	雷神之锤姆乔尔尼尔、力量腰带梅金吉奥德、铁手套雅恩格利佩尔、由两只雄山羊拉动的战车

✳ 阿萨神族之中最强、为人豪爽的雷神

"轰隆轰隆轰隆，哗啦啦啦！"雷鸣是索尔驾车横跨天空的轰鸣声；从天而降劈断大树的雷电，是索尔投掷雷神之锤所发出的闪光。古代北欧人对此深信不疑，把索尔当作天空的统治者和最强的神祇来崇拜。

索尔身材魁梧，力量强大，为人豪爽，是众神之中与巨人交手次数最多的神祇。他全身的肌肉像小山一样高高隆起，脸上长满了茂密的红胡子，额头上嵌了一块打火石，说话声音犹如雷声，眼睛闪烁如电光一般。据说，索尔只要用眼睛瞪着别人，对方就会害怕得直哆嗦。

尽管索尔长相比较恐怖，他的性格却干脆豪爽。打个比方，他就像暴雨过后的晴天。此外，他还能操控天气，时而下场雨滋润一下农作物生长，因此又被人们当作"农耕之

连接神话
与当代的
关键词

日耳曼人把索尔与罗马神话中的雷神朱庇特相提并论，将朱庇特掌管的星期四视为索尔之日，地位高于奥丁之日的星期三。

索尔大战巨人。马丁·埃斯基尔·温厄绘。

发现了索尔的锤子？
位于瑞典的世界自然遗产厄兰岛上，出土了一件象征着雷神之锤的吊坠。乌普兰地区发现了画有锤子图案的符文石碑。冰岛北部的阿克雷里发现了手持神锤的索尔铜像，据说象征着麦田丰收的景象。

瑞典

厄兰岛

神"来崇拜。他的母亲名叫约露丝，是大地的意思。索尔的妻子西芙长有一头茂密的金发，象征着麦田丰收的景象。

　　索尔在阿斯加德的力量之国——斯罗德海姆——拥有一幢名叫比尔斯基尼尔的大宅邸，这座房子有 540 个房间。他和妻子就住在这幢大房子里面。即便如此，索尔也没有摆大老爷的派头，他虽然力量强大，可是生活却很朴素，为人和蔼可亲，是个特别能吃的大肚汉。由于他待人亲切，又讲义气，受到大家的一致爱戴。

　　索尔最引以为傲的武器，自然是神锤姆乔尔尼尔了。姆乔尔尼尔的意思是"粉碎万物"。据说，它被扔出去粉碎敌

拥有一头亮丽长发的西芙。约翰·C.多尔曼绘。

人之后，还能自动飞回到主人手上，是一把很聪明的锤子。战斗的时候自不用说，据说婚礼的时候也会用到这把锤子。在《埃达》里，一首名为"希米尔之歌"的诗描写了这样一个场景：将神锤姆乔尔尼尔置于新婚夫妇面前，以完成净化新娘的仪式。那时，婚礼上少不了这个步骤。在人生的重要场合来祈求索尔的守护，表现出了人们对索尔的信赖之情。神锤姆乔尔尼尔除了破敌和净化之外，还具有复活的力量。如拿索尔的山羊战车来说，就算拉车的羊被吃掉了，只要骨头保存完好，挥一挥神锤就能使它们复活。

另外，在为奥丁之子巴德尔举行火葬的时候，姆乔尔尼尔也被用来净化火焰。除了神锤之外，索尔还拥有能使力量倍增的腰带梅金吉奥德，以及用来握住神锤锤柄的铁手套雅恩格利佩尔。他就是用这些宝物全身武装之后，向巨人发起挑战的。

索尔不是一个坐得住的人，没事就会外出远征巨人的国度约顿海姆，在那里他与众多巨人交手，留下了无数英勇事迹。

北欧神话小知识　索尔与巨人乌特伽·洛奇拼酒时，角杯是直通海洋的，因此杯中的酒根本不可能被喝干。但索尔饮用后，酒杯中的水量减少了，据说这是海洋退潮的原因。

⚓ 索尔与巨人族的五场战斗

索尔曾打倒闻名遐迩的巨人族猛将，留下了许多英勇的事迹。北欧神话的故事中也曾提到索尔与巨人族的战斗，在此介绍其中著名的五场战斗。

对手 扮成铁匠的巨人　胜利

扮成铁匠的巨人来到阿斯加德，答应诸神要在一个冬天内建好坚固的城墙，如此一来即使巨人来袭也用不着担心。他索求的报酬是太阳、月亮和女神芙蕾雅。事后，诸神却不愿支付报酬，于是拜托索尔一锤子打破巨人的头。

对手 芬葛尼尔　胜利

索尔与最强的巨人芬葛尼尔决斗。尽管雷神之锤击中了目标使巨人毙命，对方投掷的打火石碎片却刺进了索尔的额头，倒地的巨人的腿还压在他身上，使他动弹不得。当时是出生才三天的儿子曼尼救了他。

对手 托利姆　胜利

雷神之锤被托利姆偷走，索尔于是假扮成巨人倾心的女神芙蕾雅前往巨人之国。他用花言巧语博取巨人由衷的信任，等对方为了祝福新娘而将神锤拿到他眼前后，索尔便抢先一步夺下神锤，将托利姆等人打死。

对手 约尔孟甘德　平手

索尔在希米尔的船上钓鱼，他将母牛的头穿在钓钩上投入海里，没想到却被大蛇约尔孟甘德一口吞下肚。索尔气得想用神锤痛击它，惊慌的希米尔却将钓线斩断，大蛇于是沉入深海，逃过一劫。

对手 乌特迦·洛奇　败北

在旅游期间，索尔与同伴来到幻术师巨人乌特迦·洛奇的城堡挑战五场比试，巨人队与索尔队一对一较量，比食量、赛跑、酒量、力气等，索尔队一败涂地。赛后，巨人队的对手坦白地告诉他们这一切均是幻术，获胜的其实是索尔队。

	项目	对手	竞赛的经过	真正的对手
1	竞食	洛基 VS 罗吉	比赛吃一整桶肉，看谁吃得又多又快。结果罗吉吃得较多，抢先将肉吃个精光。	野火
2	赛跑	希亚费 VS 修基	索尔的仆从飞毛腿希亚费与矮冬瓜修基对决，比试了三次，都被对方远远抛在身后。	思考
3	饮酒	索尔 VS 酒	巨人把角杯递给索尔要他干杯，但不管怎么喝，酒都没有减少。后来，索尔一鼓作气豪饮，酒好不容易减少了许多，却仍旧没能喝完。	海水
4	举起猫咪	索尔 VS 猫	对手要求索尔"从地面举起灰色的大猫"，于是索尔把手放在猫咪肚子下，想把它抬起来，没想到光是让猫咪单脚离地就耗尽了力气。	大蛇约尔孟甘德
5	与老太婆艾莉摔跤	索尔 VS 老太婆艾莉	索尔与老太婆艾莉摔跤，老太婆的力量却大到他使尽吃奶的力气都敌不过，最后单膝跪地而败北。	老化

　　除了跟巨人战斗之外，索尔还是一个聪明睿智的神祇，很多逸闻录中都反映了这一点。索尔和西芙有一个名叫斯露德的女儿，这个孩子一生下来就美貌无比，因此引来一个名叫艾尔维斯的矮人（矮人族）的觊觎。索尔与对方进行智力问答，驳倒了对方，成功守护住了女儿。在此过程中，一个力量强大、富有智慧、稳重可靠的父亲形象鲜活地呈现在了我们眼前。

提尔

Profile Data

出　身	阿萨神族
性　别	男
持有物	提尔之剑

❀ 引领胜利的独臂战神

提尔既是引领胜利的战神，也是法庭的守护神。据说他能决定战斗的胜负，因此为战士们所崇拜。据说，在过去的年代里，提尔的地位曾经比奥丁还要高。人们将无所畏惧之人形容为"如提尔一般强悍"，将聪慧之人形容为"如提尔一般贤明"。《埃达》中的《希格德莉法之歌》写到："向往胜利之人定要牢记引领胜利的符文，将其刻于剑柄之上、血槽之内、剑刃之峰，并高喊提尔之名两次。这样一来，祈愿胜利的咒术就完成了。"

事实上，维京人在出航之前，的确会在自己的剑上刻上象征着提尔的"↑"符文，为它施加魔力，在确定能胜利之后，才踏上旅途。

提尔并非空有一身武力，在他和巨狼芬里尔的故事中，

从提尔与芬里尔一事便可以看出阿萨神族的卑劣性。尽管战神提尔甘愿冒险带诸神出头，他们仍给提尔扣上了"没有调解纠纷"的帽子，也不认可他的勇气和贡献。

column

提尔的**小**◆**故**◆**事**

主神提尔的时代

　　提尔是北欧神话诸神中起源最古老的神祇。他的名字在日耳曼祖语中为"Tiwaz"，源自人们替印欧语系的天空之神所取的名字，一如希腊的宙斯 (Zeus) 和印度的特尤斯 (Dyāus) 等。提尔的起源与希腊神话的宙斯、印度的特尤斯及其他天空之神相同，地位在远古时代几近于"主神"。然而进入公元 2 世纪后，北欧社会动荡不安，对奥丁、索尔和弗雷等神祇的信仰加深，提尔的地位遂逐渐下降。以往人们将提尔与罗马的战神马尔斯相提并论，把马尔斯之日——星期二 (Tuesday) 当成"提尔之日"。

　　能看到他温柔、豁达、富有勇气的一面。阿萨众神眼中的"灾星"——巨狼芬里尔在幼小的时候，提尔曾为它投食，善加照顾，将它抚养长大。芬里尔长大之后，众神骗取了它的信任将它抓捕，并让提尔把右手伸进芬里尔的嘴里，取出魔法绳格莱普尼尔，把芬里尔捆了起来。芬里尔发现自己上当之后，一口咬下了提尔的手腕。

提尔与芬里尔。瑞典插画大师约翰·鲍尔绘。

在这一连串事件之后，提尔的形象渐渐弱化了，其"胜利之神"的地位也被奥丁所取代。神话中，有说他是奥丁之子的，也有说是巨人伊米尔之子的，可见提尔的地位跌到了什么地步。在末日之战——诸神的黄昏中，提尔与冥界的看门狗加尔姆捉对厮杀，同归于尽。

column
北欧神话在西方的遗存

骑士的按剑礼仪

诸神为了捆住芬里尔，欺骗芬里尔挣断一条细链便可以为所欲为，而狡猾的芬里尔提出将一位神将的手臂放在它的口中，才肯让诸神捆绑。这时提尔站了出来，将手臂放入芬里尔口中。被捆住的芬里尔无论如何也挣不断这条细细的锁链，于是一口咬碎了提尔的手臂。

在北欧神话中，神祇之间起誓是互相按住对方的双手。但战神提尔为了诸神安全，失去一只手臂，只能以剑代手。诸神为了尊重提尔，也改为按剑起誓。这一传统，从维京人扩大到西方各国，西方骑士的按剑起誓便来源于此。

巴德尔

Profile Data
出　身　阿萨神族
性　别　男
持有物　黄金手镯德罗普尼尔、飞船灵舡

✹ 悲剧的光明神

巴德尔是一位美丽的光明神。他身为奥丁之子，被众神誉为最优秀的神祇。名字里的"bal"是明亮、灿烂的意思。巴德尔人如其名，容貌华丽，散发着光辉，就连睫毛都闪闪发光。此外，他聪明贤达，口才又好，最重要的是他有颗温柔的心。巴德尔的妻子叫作楠娜，儿子是被冠以"优秀的调解者"之名的凡赛堤，一家三口居住在不洁之物难以入侵的宫殿布列达布利克之中，过着幸福的生活。众神无不把他看作奥丁的继承人。

可是不知从什么时候开始，巴德尔做起了不祥的梦。他忧心忡忡，对众神说道："说不定我要死了呢。"他的母亲弗丽嘉了解到这个情况后，走遍全世界，拜访了树木、火焰、石头、动物，乃至疾病，跟它们许下约定，让它们不要伤害巴德尔。之后，众神为了验证巴德尔是否真的成了不死之身，先让他站着别动，然后朝他射箭、扔石头，使用各种武器向他攻击。巴德尔果然毫发无伤。洛基看到之后，嫉妒万分，走近巴德尔的盲眼弟弟霍德尔，让他投掷槲寄生制成的

巴德尔的船葬

　　巴德尔的葬礼是船葬。在维京人活跃的时代，通常会让死者登船火葬。船只意味着前往黄泉的旅程，代表死者与诸神的沟通，而且船只与赐予生命的水息息相关，也和丰饶之神的信仰有所联系。巴德尔的情况亦是如此，诸神将他的灵柩运到海滨，将其与爱驹、黄金手镯德罗普尼尔，以及因悲伤而死的妻子楠娜一同火葬。接着索尔挥舞雷神之锤，净化死者与火焰。火葬后会连同船只一起埋葬，巴德尔受到许多人的仰慕，甚至连巨人都来参加他的葬礼。

箭矢（槲寄生是弗丽嘉唯一没有拜访过的东西），巴德尔被箭矢射穿身体，倒地而亡。

　　众神为了将巴德尔从冥界带回现世，派出代表赫尔莫德。冥界女王海拉说道："既然世间万物都为他的死而悲伤，

洛基把自己变成一位妇人的样子前去探问弗丽嘉："所有事物都发过誓不会伤害巴德尔吗？"弗丽嘉回答："在英灵殿的西边长着一棵槲寄生幼苗，在我看来它太弱小了，所以不用发誓。"然后，这位妇人就突然消失了。弗丽嘉万万不会想到，正是这弱小的槲寄生杀死了巴德尔。

你就把他带回去吧。"可是，洛基再次从中作梗，结果巴德尔直到末日之战——诸神的黄昏结束，都没有离开冥界。话虽如此，巴德尔在冥界却受到了特别照顾，他一直坐在华美的王座上度过岁月，在"诸神的黄昏"结束之后复活。

赫尔莫德拜访海拉，希望海拉可以放巴德尔离开冥界。约翰·C.多尔曼绘。

弗丽嘉

Profile Data

出　身	阿萨神族
性　别	女
持有物	鹰之羽衣、产子之戒

✳ 众神之母，奥丁的正妻

弗丽嘉是奥丁的正妻，她的名字是恋人、伴侣及被爱之人的意思。弗丽嘉是阿萨女神之中地位最高的，宛如女王一般，以众神之母的姿态君临阿斯加德。她住在一座豪华无比、光辉闪耀，名叫芬撒里尔的宫殿之中，坐在奥丁王座上，俯视着全世界。她作为"婚姻"和"产子"的守护神，经常把孩子赐予无子的夫妇，受到北欧人的广泛崇拜。

弗丽嘉那深厚的母爱，全部献给了自己的儿子巴德尔。在得知儿子预见了自己的死亡后，她不辞辛劳，走遍全世界，拜访了一切事物，请求它们不要伤害巴德尔。在巴德尔在洛基的阴谋下死亡之后，她又向众神请求，希望大家能把他从冥界带回来。她的母爱由此可见一斑。

不过除了"心地善良的母亲"这一形象之外，弗丽嘉也

连接神话
与当代的
关键词

弗丽嘉往往被拿来与罗马女神维纳斯相提并论，因此罗马神话中的"维纳斯之日"星期五也被视为"弗丽嘉之日"，是适合结婚的日子。也有一说认为星期五代表的是弗雷亚。

🗡 弗丽嘉和芙蕾雅是同一个人吗?

　　她们本来是两个完全不同的女神，可是她们的丈夫名字太像，人们在婚礼的时候又都会向他们祈愿，结果两人就被混淆了，弗丽嘉的地位也渐渐被芙蕾雅夺了过去。999 年的时候，冰岛出现了一首诗歌，歌词中把芙蕾雅认作是奥丁的妻子。

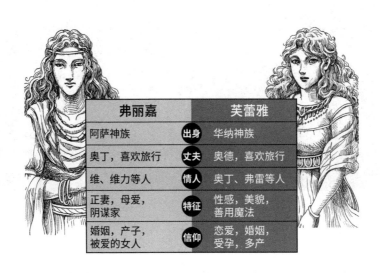

弗丽嘉		芙蕾雅
阿萨神族	出身	华纳神族
奥丁，喜欢旅行	丈夫	奥德，喜欢旅行
维、维力等人	情人	奥丁、弗雷等人
正妻，母爱，阴谋家	特征	性感，美貌，善用魔法
婚姻，产子，被爱的女人	信仰	恋爱，婚姻，受孕，多产

　　有不为人知的另一面。对她的丈夫奥丁而言，弗丽嘉无异于一台麻烦制造机。奥丁在人类的战争中支援其中一方的时候，弗丽嘉就故意让另一方获胜。人类国王要为奥丁打造金身像，弗丽嘉却去剥下雕像的黄金涂层。除此之外，她还挑拨奥丁和他两个养子之间的关系。趁奥丁不在家，跟他的兄

纺织彩云的弗丽嘉。约翰·C.多尔曼绘。

弟维和维力发生不正当关系。长此以往，奥丁再也受不了了，干脆一走了之，去旅行，再也没有回过家。

另外，弗丽嘉在末日之战——诸神的黄昏前一直活得好好的。据说，得知奥丁殒命，她大叹一声："此乃继巴德尔之后，人生第二大悲伤之事！"总而言之，弗丽嘉身为奥丁的正妻，是个性情多变的女神。

海姆达尔

Profile Data

出　身	阿萨神族
性　别	男
持有物	号角加拉尔

✷ 吹响末日之战号角的看守者

"众神的彩虹今天也如此美丽动人。"对于海姆达尔来说，人生最大的快事，莫过于手持酒杯，半醉半醒，遥望彩虹桥，悠闲地度过一天。海姆达尔的住所又大又宽敞，是一幢坐落于高山上、名叫希敏约格的大房子。他恪尽职守，整日监视着连接阿斯加德与外部世界的彩虹桥，以防巨人族入侵。不可思议的是，海姆达尔的母亲是海神埃吉尔的女儿九姐妹。因为这九姐妹的名字是"海涛"的意思，所以有人认为海姆达尔其实是朝阳照射在海面上那粼粼波光的化身。也有人认为，宇宙树下的九个世界正是这九姐妹创造的。海姆达尔的名字"Heimdallr"本身包含着"宇宙树中枢"，即宇宙中心的意思。据说，他是阿萨众神中容貌最秀美的一个，拥有"纯白之阿萨"的别名。他一口金牙，一身绝技，每天睡觉的时间比小鸟还短，能看清100英里之外的东西，听力

传说，海姆达尔为了获得超乎寻常的听力，拿自己的一只耳朵给弥米尔之头，所以他的这种能力也可以说是拿一只耳朵交换来的。他的号角的名字有"听力、声音"之意。

彩虹桥。赫尔曼·亨德里希绘。

卓绝，连地面上草木生长、山羊长毛的声音都听得一清二楚，尽管他只有一只耳朵。

　　除此之外，他还拥有一只名为加拉尔的号角，号角一旦吹响，全世界都能听到。

洛基曾经想盗取芙蕾雅的项链，结果他的诡计被能感知一切的守护之神海姆达尔识破了。因此洛基与海姆达尔结下了梁子，最后二人在"诸神的黄昏"中同归于尽。

海姆达尔是人类社会阶级的创始人

"海姆达尔的子孙啊，请听好了。"

这是《埃达》中"巫女的预言"的开场白。"子孙"一词指的是人类，也就是说人类是海姆达尔的"子孙"。海姆达尔曾化名为"里格"，到世界各地旅行。旅行途中邂逅了三个女子，他与她们生下的孩子最后成为奴隶、自由农民及王公贵族三个社会阶级。这跟活跃在 8 ～ 11 世纪的维京人的社会结构不谋而合。

在《埃达》中，海姆达尔跟洛基经常一同出现。在索尔神锤失窃事件中，向索尔提出"要不，你打扮成新娘的样子吧"的就是海姆达尔。洛基也打扮成侍女的样子与索尔同行。在项链布里希加曼失窃事件中，他以艾萨拉希的身份与主谋洛基进行了决斗。

海姆达尔一生中最辉煌的时刻，莫过于末日之战——诸神的黄昏了。大敌当前，他高声吹响了加拉尔，集结众神迎战。大战之中，他与洛基单挑，结果双双力竭倒地。从此阿斯加德失去了守门人，就此衰落下去。

吹响加拉尔号角的海姆达尔。多罗西·哈迪绘。

伊登

Profile Data

出　身	阿萨神族
性　别	女
持有物	青春苹果、桛木箱

✳ 看守青春苹果的美丽女神

伊登女神受到阿萨众神的一致喜爱，那是因为她保管着堪称阿萨神族至宝的"青春苹果"。众神要是不吃这种苹果，就会像人类一样增长年岁，直到死亡。她把苹果收入桛木箱中，严加看守，不给任何人偷盗的机会。托伊登兢兢业业工作的福，众神才得以无忧无虑地度过每一天。伊登的美貌就算在光鲜靓丽的阿萨众神之中，也是数一数二的。迎娶她的是知性而诚实的诗歌之神布拉基。在布拉基无微不至的关爱下，伊登每天都过得很幸福。

然而，有一天发生了动摇众神根基的大事件——伊登被巨人夏基掳走了。夏基抓住洛基的软肋，让他诱骗伊登出来，最后连同"青春苹果"一起带出了阿斯加德。洛基的话术是这样的：

"我找到了一棵大树，跟你的苹果树一模一样，想来它结的果实也跟苹果有一样的功效，要不我带你去采几个吧？"

对于洛基这番话，伊登想道：

column
提有关伊登的 小 故 事

伊登不为人知的一面

伊登是众神的掌上明珠，然而洛基却对她说道："全世界女子之中，你是最淫荡的一个。你居然勾引杀兄仇人，还躺在人家怀里献媚。"至于伊登是真的如洛基所说，是个淫乱的女子，还是不得已而为之，亦或是被巨人夏基囚禁时，洛基看到伊登拎着装有苹果的金篮子在院子里散步，肆意想象的，这就不得而知了。除了洛基之外，其他众神皆对伊登关爱有加，直到末日之战——诸神的黄昏爆发。据说，"伊登"这个名字有"返老还童"之意，还有"非常受欢迎的人"等意思。

"怎么可能？世界上哪有能跟我的苹果相提并论的东西？"

紧接着，洛基提出将两种苹果拿来做对比，巧妙地煽动了伊登的虚荣心。两人刚走进森林，夏基就变成一只大雕，把伊登抓走了。

伊登失踪之后，众神的身体开始老化，身体也僵硬了，背也驼了。惊慌之余，众神开始着手寻找伊登。大家抓来洛基，让他坦白一切，并命令他救回伊登。最后，众神烧死了夏基，伊登平安回到阿斯加德，一切恢复了正常。

伊登与洛基。瑞典插画大师约翰·鲍尔绘。

海尼尔

Profile Data

出　身	阿萨神族
性　别	男
持有物	无

✳ 奥丁的旅伴

奥丁外出旅行，经常带着海尼尔做伴。在水獭遇害事件中，他与奥丁、洛基一起被赫瑞德玛捉住了。北欧神话中以"海尼尔"为名的神祇经常出现。奥丁的弟弟维的别名就是海尼尔，被送往华纳神族当人质的也是海尼尔，他在末日之战——诸神的黄昏结束后幸存下来，返回了阿斯加德。至于不同时期出现的海尼尔，是不是同一个人，就不清楚了。

布拉基

Profile Data

出　身	阿萨神族
性　别	男
持有物	马、剑、手镯

✳ 言语动人的诗歌之神

布拉基是伊登的丈夫，据说，也是奥丁的儿子。他长着一脸长长的胡须，智慧过人，在诗人中享有最高的名望。他不仅口才极佳，口若悬河，而且舌头上还刻有符文。据说，他所说出的话都含有魔力。由于布拉基是个和平主义者，不喜欢战争，洛基就嘲笑他是个"惧怕流弹飞矢的胆小鬼"。
布拉基在钻研诗歌艺术的同时，还在英灵殿担任工作，负责
接待战死者恩赫里亚及其他的来访者。

布拉基。希腊画家卡尔·瓦尔布姆绘。

巴萨卡

Profile Data

出　身　阿萨神族/人类
性　别　男
持有物　熊皮

✹ 侍奉奥丁的狂战士

奥丁的战士中有这样一群人，他们拥有无双怪力，勇猛无畏，而且接受了战神提尔的祝福，任何刀枪利刃、熊熊烈火都不能伤他们分毫，在战场上敌人为之深深恐惧着，他们就是狂战士巴萨卡。巴萨卡的意思是"熊皮"，因为他们身上都披着熊皮。一旦战斗打响，他们就像疯了一样在战场上到处撕杀，有时甚至连护具都不穿，像野兽一样撕咬敌人。一旦被愤怒冲昏了头脑，他们的凶暴性格便更上一层楼，敌友不分，见人就杀。但愤怒平息之后，他们会倍感困乏，躺在地上一动也动不了了。

恩赫里亚

Profile Data

出　身	人类
性　别	男
持有物	无

✹ 集结于瓦尔哈拉的勇士们

　　恩赫里亚又被叫作英灵战士，指的是奥丁和弗雷为了备战"诸神的黄昏"而集结的人类战死者。恩赫里亚的意思是"孤独的战士"。人类战士在战场上死去后，被奥丁迎入英灵殿瓦尔哈拉，而后每天进行战斗训练；晚宴有瓦尔基里陪侍在旁，为他们倒酒端菜。英雄齐格蒙德和齐格鲁德就特别受奥丁的青睐，两人在经历了种种坎坷之后，被奥丁迎入英灵殿中。

北欧神话小知识

英灵殿的勇士很多，在这里有享用不尽的美食和美酒。英灵殿的厨师每天都会烹煮野猪沙赫利姆尼尔。但是野猪沙赫利姆尼尔一到晚上又会复活。这里还有一只名叫海德伦的母山羊。山羊的乳房会分泌出蜜，每天地分泌的蜜能把英灵殿中的容器给填满，让英灵战士可以尽情地喝。

瓦尔基里

Profile Data
出　身　阿萨神族、人类等
性　别　女
持有物　天鹅羽衣、天马、命运织布机

✴ 驰骋于战场之上、定夺勇士命运的少女

瓦尔基里又被叫作女武神，指的是那些奉奥丁之命前往战场的女性战士。无论哪里发生了战争，她们都会骑上能够驰骋天际的天马，迅速赶赴战场。然后，以"挑选死者之人"的身份，定夺那些战死沙场的勇士的命运。符合条件的勇士将被冠以"恩赫里亚"之名，被她们迎入英灵殿瓦尔哈拉之中。在那里，会有美丽的瓦尔基里出来迎接，为他们端上美味佳肴，为他们倒酒助兴，歌颂他们生前的丰功伟绩。

瓦尔基里的出身各有不同，除了阿萨族女神之外，还有巨人族女孩、人类的公主等。据说，她们容貌秀丽，英勇无畏，全身肌肉隆起，散发出一种健壮美。后世艺术家所描绘的瓦尔基里大都戴着插有羽毛的头盔，身着铠甲，挥舞着手中的剑盾，骑在战马上，在战场上来回奔驰。

那么，她们到底是如何定夺他人命运的呢？

据说，她们有一台能够定夺命运的织布机。使用方法是，把人的头盖骨当作梭子，用人的肠子制成的丝线来织

⚓瓦尔基里的特征

插有羽毛的头盔
　　画作中的瓦尔基里大多戴着左右插有羽毛的头盔，身着闪闪发光的胸甲，美丽动人。

容貌秀丽的女性
　　瓦尔基里们虽然出身不同，但仅限于女性。偶尔会有她们与人类英雄相爱、反抗奥丁的事发生。

武器和防具
　　瓦尔基里的武器有剑、弓、枪等。这些肌肉隆起的女战士一边高举盾牌，一边驰骋在战场上。

天鹅的羽衣
　　能够让她们变成天鹅的羽衣。据说瓦尔基里们穿着它在战场上奔驰。

布。在一件毛骨悚然的衣物完成之后，把它撕掉，以此来决定战斗的胜败。

　　瓦尔基里有时会与人类的英雄相爱，往往会把他们引向残酷的命运。曾有瓦尔基里与人类巧匠韦兰结婚，到了第九年，她穿上天鹅羽衣飞往了战场，留下韦兰孤单一人度过余生。也有瓦尔基里反抗奥丁，被下了沉睡的诅咒，后来，由爱生恨，将英雄齐格鲁德引向了毁灭。

《天鹅湖》

瓦尔基里是英灵殿中的女武神,她们美丽圣洁,阳光般的金发上装饰着雪白的天鹅羽毛(欧洲古代女性也以羽毛发饰为美)。她们常常化为天鹅到人间游玩。遇到清澈的溪流,她们便会脱下羽衣,到溪水中洗澡。若被人看见,羽衣被藏起,瓦尔基里便无法回到仙宫,只能留在人间。北欧神话中,便有三名瓦尔基里被人藏起羽衣,留在人间九年的描述。

这便是欧洲"天鹅仙女"传说的来源。"天鹅仙女"最著名的改编,是柴可夫斯基于 1875 年至 1876 年间为莫斯科帝国歌剧院所作的芭蕾舞剧——《天鹅湖》。《天鹅湖》首演时虽反响平平,但后来逐渐成为全世界最知名的芭蕾舞剧目,至今仍是全世界几乎所有古典芭蕾舞团的保留剧目。

⚜ 诺恩斯

Profile Data

出　身　不详

性　别　女

持有物　纺线道具

✸ 守望着众神和人类的命运三女神

诺恩斯是决定人类命运的三姐妹女神。长女叫兀尔德，次女叫贝露丹蒂，三女叫诗寇蒂。三人的名字分别是"命运""存在"和"必然"的意思。确切说来，兀尔德是从"编织者"和"织女"的意思，转变为了"命运"和"宿命"；贝露丹蒂还有"生成者"的意思；而诗寇蒂还有"税金"和"义务"的意思。她们的指甲上都刻有符文。

据说，人类在出生之前必定要拜访一下诺恩斯。诺恩斯会为新生儿定下寿命，并决定他这一生的命运。这条规则无可动摇，就连众神都推翻不了。不过，当有优秀的新生儿出生时，诺恩斯会主动前去拜访。在沃尔松格古家族的齐格蒙德的儿子海尔吉诞生的时候，诺恩斯就亲自前去拜访，为其尊贵的出生所感，当场定下了"此人将会成为一代名君，以无双之王的身份为世人所崇拜"的命运。她们为了海尔吉竭

北欧神话中提到的诺恩斯，指的就是命运三女神。不过，就"诺恩斯"这个词本身而言，是决定人们命运的女神的总称。好诺恩斯为人定下幸福的命运，坏诺恩斯为人定下贫穷、疾病和短命的命运。

⚓ 命运三女神的职责

长女兀尔德（命运）

次女贝露丹蒂（存在）

三女诗寇蒂（必然）

决定命运：
★ 用符文把众神的命运刻在木片上。
★ 为人类的新生儿定下寿命和命运。
★ 在优秀的人类英雄出生之时，主动现身，守护他一生。

管理宇宙树伊格德拉西尔：
★ 管理宇宙树伊格德拉西尔树根伸入的兀尔德之泉。
★ 每天从兀尔德之泉中汲取泉水，浇灌宇宙树伊格德拉西尔。

尽所能，编织了"命运之线"，巩固他的城池。在金色的丝线完成之后，她们把线缚在了月光明亮的大厅之中，又把线头隐藏在东西两侧——海尔吉的国家就在那中间，意味着他受到了命运之线的保护。后来，他果然成为一代名君，以"杀死汉登格的海尔吉"之名享誉世界。

诺恩斯住在位于兀尔德之泉泉畔的一幢美丽宫殿中。兀尔德之泉是一口圣泉，据说任何人到泉水中浸泡之后，皮肤都能变得像蛋壳内那层薄膜一般白皙。三姐妹每天都用兀尔德泉水浇灌宇宙树伊格德拉西尔，使之永远不会枯萎。

尼约德

Profile Data

出　身　华纳神族

性　别　男

持有物　无

✳ 财富与丰饶的守护神

"哗啦，哗啦……"尼约德是海上的男儿。潮水的味道、海风的声音及飞溅在肌肤上的水花，他感受着这一切，平稳地度过每一天。

尼约德能够控制风向，平息海浪和火焰，是一位司掌财富与丰饶的神祇。由于他对渔业的影响颇大，人们在出海捕鱼之前，都会向他祈愿，以保证此行一帆风顺，能有所收获。据说，尼约德这个名字在日耳曼语里含有"力量"的意思。同时，他还拥有"富人"的别称，是个资产雄厚的神祇。据说，只要向他祈愿，尼约德就会赐予其土地和财富。因此，有钱人也被形容是"像尼约德一样富裕"。尼约德住在一座名叫诺欧通的宫殿里，其意思是码头、港口。北欧沿海地区中，很多地名都来源于"尼约德"这个名字。

有说弗雷和芙蕾雅兄妹并非斯卡娣所生，而是尼约德和他妹妹的孩子。华纳神族没有亲族不能通婚的禁忌，但在阿萨神族就不可以。

column

有关尼约德的 小 故 事

尼约德曾经是女神？！

尼约德既是富人的象征，又是渔业的守护神，在维京时代深得人心。可是据说，在遥远的过去，人们信仰的司掌丰饶的神是位女神，名叫"那瑟斯"。在春天节庆的时候，人们会向女神供奉各种各样的东西，以祈愿丰收。到了维京时代，到底是人们出于对武力和财富的渴求，将她男性化了呢？还是那瑟斯的配偶地位提高了，以"尼约德"之名受到了人们的崇拜呢？亦或是那瑟斯原本就具有双重性别，后来只是男性部分被人抬高了而已呢？总之，众说纷纭。

由于每天都接受海水的冲洗，尼约德的脚是众神公认最美丽的，连光明神巴德尔也无法与之媲美。巨人女孩斯卡娣就被他的脚深深吸引，与他结婚，生下了财富与丰饶之神弗雷、爱与丰饶的女神芙蕾雅。

别看尼约德一帆风顺，好像活得有声有色的样子，其实，在很长一段时间里，他都过着寄人篱下的生活。尼约德所属的华纳神族，在与阿萨神族签订停战协议的时候，将他以人质的身份送往阿斯加德。同行的，还有他的孩子弗雷和芙蕾雅。而在此之前，他也是以人质的身份生活在巨人的国度，整天被巨人族的女孩欺凌。尽管尼约德尝尽了人生的辛酸，却始终没有低下他高贵的头。因此，他长时间在维京人心中占有一席之地。

　　尼约德是末日之战的幸存者之一，因为他压根就没有参战。在阿萨众神毁灭之后，他的人质生涯自动结束，便回到华纳海姆继续他的生活。

弗雷

Profile Data

出　身	华纳神族
性　别	男
持有物	弗雷的宝剑、魔法船斯基布拉尼尔、雄马布洛杜克霍菲、黄金野猪古林博斯帝

✵ 司掌财富、丰饶及家庭幸福的贵公子

华纳众神中最出名的，莫过于这位威风凛凛、俊美动人的贵公子弗雷了。他全身散发出一种男性美，现存的弗雷雕像个个都有一根巨大的男根。他以丰饶、家庭幸福及多产之神的身份获得人们广泛的信赖。北欧人在举行婚礼时会向弗雷祈愿，希望他将平稳的生活和激情的爱欲赐予新人。

虽然后来弗雷以人质的身份与父亲尼约德、妹妹芙蕾雅一起来到阿斯加德，但他与阿萨众神早就结下了不解之缘。早在弗雷还是婴儿的时候，阿萨众神为了庆祝他长出了乳牙，就把位于白精灵之国爱尔芙海姆的一座宫殿送给了他。弗雷（Freyr）这个名字在古瑞典语中是主人、统治者的意思。他不仅统治着爱尔芙（精灵族），还掌控着人类的财运。弗雷和父亲尼约德同为财富与丰饶之神，不过尼约德是以海

每逢严冬，维京人总是担心第二年的夏天会不会来了。所以，每年6月底，他们都会举行"鲜花仪式"，以迎接夏天的到来。仪式上，人们将弗雷的木雕放在木质的板车上，周围摆上一圈鲜花以庆祝丰收。

🐚 弗雷和葛德的出土物

丰饶之神弗雷
(于瑞典的林雪平出土的青铜像)

巨大的男根是弗雷的象征。据说弗雷除了财富、丰饶和家庭幸福之外，还能赐予人们安宁和爱欲。

弗雷与葛德的圣婚
(于挪威南部出土的金版)

拒绝也可能是爱情的表现之一。一开始葛德不愿意跟弗雷结婚，可是婚后生活却无比幸福，是为人所爱、收获幸福的女性典型。

洋为据点，调控着雨水和阳光；而弗雷则主要待在陆地上，调控着作物的生长。

弗雷的宝物样样好用，包括：只要竖起船帆就能顺风航行，不用的时候还能折起来塞进口袋的魔法船斯基布拉尼尔；比马跑得还快的黄金野猪古林博斯帝；雄马布洛杜克霍菲；以及一把会自动杀敌的宝剑。

然而，弗雷自从恋爱之后，他的好运就到头了。为了追求巨人族女孩葛德，他将宝剑和雄马交给了自己的仆从斯基尼尔。因此，在末日之战——诸神的黄昏中，弗雷不得不手持鹿角挑战炎之巨人苏尔特尔，最后被对方击杀。不过，弗雷和妻子葛德始终是一对相亲相爱的夫妇，很多出土的陶版和金版都刻有他们两人。对于男人来说，以战士的身份冲锋陷阵，与所爱之人生活在一起，到底哪个才更为幸福呢？看到弗雷，人们不由得会思考起这个问题。

弗雷。雅克·里奇绘

芙蕾雅

Profile Data

出　身	华纳神族
性　别	女
持有物	项链布里希加曼、两只猫拉的车、鹰之羽衣

✿ 丰饶的女神——全世界的男人都是她的情人

北欧神话中最忠实于自身欲望的女神，自然非芙蕾雅莫属。

"那条项链真漂亮，好想要！"她曾为了一条项链，跟四个矮人分别睡了一晚。芙蕾雅属于华纳神族，父亲是尼约德，哥哥是弗雷。她容貌秀丽，肉体丰满，是爱与丰饶的女神，能给人带来财富。因而，想占有芙蕾雅的心灵和肉体的男人不胜枚举。《埃达》中写到，芙蕾雅把一个自己中意、名叫欧特的人变成了野猪，让他始终陪伴自己左右。据说，奥丁也是芙蕾雅的情人之一。洛基曾对她说过："无论是众神、妖精，还是你的哥哥弗雷，全都是你的情人。"正是这样一个为爱自由奔放的女神，被人们当作"恋爱的女神"而崇拜着。

北欧神话小知识

想把芙蕾雅据为己有、当作妻子或者情人的巨人数不胜数。有这么一个说法，说巨人是寒冷大自然的化身，所以掳走芙蕾雅一事有着春天不再到来、生命不再诞生、丰饶不再的意味。

与丈夫奥德感情深厚

　　芙蕾雅既性感又有魅力，始终绯闻缠身，但她对自己丈夫奥德的感情却始终如一。奥德长时间外出旅行的时候，她思念心切，流下了眼泪，眼泪化作黄金，掉落在大地上。所以，黄金又有"芙蕾雅的眼泪"的别称。于是，芙蕾雅踏上了寻夫的旅程。她在旅途中曾使用过多个化名，其中有赠予者之意的"根福"，象征着旺盛生殖力的"希乐"（母猪），具有大海的光辉之意的"玛尔蒂儿"等。至于最后两人有没有相见，神话中并没有提及。芙蕾雅和奥德育有两个女儿，一个名叫赫诺丝（贵重品），另一个叫作格尔塞蜜（宝石），一家人曾度过一段其乐融融的幸福生活。

　　同时，芙蕾雅还兼任着"战争女神"一职。古代北欧人认为，在战场死去的战士们的灵魂一半会前往奥丁那里，另一半则前往芙蕾雅那里。所以，要是对一个人说"你去找芙蕾雅吧"，就是叫他去死的意思。

　　除此之外，芙蕾雅还是善使魔法的好手，将流传于华纳神族之中的秘术"塞兹咒术"传授给奥丁的正是她。因为芙蕾雅精通魔法，也有人认为她和那个挑起阿萨神族和华纳神族战端的女巫古尔薇格是同一个人。

　　芙蕾雅外出的时候，大多是乘坐一辆由两只猫牵引的爱车。她身为爱与丰饶的女神，在成就他人爱情的同时，也是战死者的女神，而且还会使用诡异的魔法。她在展现出自身如此多面的同时，也将恋情与欲望、爱慕与背叛、生与死这些表里一体的事物教给了人们。

芙蕾雅与奥德。
约翰·鲍尔绘。

斯基尼尔

Profile Data

出　身	华纳神族
性　别	男
持有物	弗雷的宝剑、雄马布洛杜克霍菲、魔杖

✺ 集弗雷信任于一身的仆从

斯基尼尔和弗雷从小一起长大，两人无话不谈，从不向对方隐瞒任何事。他除了精通话术，擅长与他人交涉之外，还懂得使用符文魔法。他帮弗雷谈下了人生最重要的一场恋爱。

弗雷请求斯基尼尔去替自己向巨人族女孩葛德求婚时，斯基尼尔向弗雷索要了两件宝物，一件是能够穿越昏暗火焰的雄马布洛杜克霍菲，另一件是会自动杀敌的宝剑。他说："前往巨人之国，要翻越一座火焰山，徒步是去不了的。面对恐怖的巨人时，要是没有防身武器，也只是白白送命而已。如果你愿意把爱马和宝剑给我，我就帮你跑一趟。不行的话就算了。"弗雷为情所迷，毫不犹豫地让出了宝物，结果导致自己在末日之战——诸神的黄昏的时候陷入苦战。

于是，斯基尼尔跨上弗雷的爱马，把宝剑别在腰间，出发了。见到葛德之后，他用近乎威胁的语气进行了交涉。最后葛德害怕了，抽泣着答应了弗雷的求婚。

⚓ 让葛德接受求婚的交涉技巧

① "送你青春苹果。"

② "送你手镯德罗普尼尔。"

③ "小心我一剑砍下你的头。"

④ "小心我一剑捅死你的父亲吉米尔。"

⑤ "小心我用魔杖抽你的脸，毁你的容。"

⑥ "你要么跟一个三头巨人过日子，要么孤独一生。"

⑦ "你就闷闷不乐度过每一天好了。"

⑧ "你不准跟其他男人有来往。"

⑨ "小心我把雄山羊的尿灌你嘴里。"

⑩ "小心我把诅咒符文刻在你身上。"

　　斯基尼尔到底是为了实现主人的心愿而口不择言，还是仅仅享受着威胁女孩子的乐趣呢？总之，就求婚而言，他所说的话实在是太可怕了。

　　只有斯基尼尔的交涉才能深受众神的信赖。在奥丁听到不祥的预言，试图捕捉巨狼芬里尔的时候，就是派他前往黑精灵之国史瓦尔德爱尔芙海姆，拜托那里的铎克爱尔芙打造了一条无比坚固的魔法绳。可是斯基尼尔在收获了众神的诸多宝物之后，却没有参加末日之战——诸神的黄昏，不知道跑哪儿去了，弗雷给他的雄马和宝剑自然也就下落不明。

伊米尔

Profile Data

出　身	巨人族
性　别	两性
持有物	无

✵ 沦为创世材料的始祖巨人

很久很久以前，世界上第一个诞生的生命就是始祖巨人伊米尔。他是整个北欧神话的起源，后来与阿萨神族敌对的巨人族全是他的子孙。"Ymir"这个名字是"狂暴之人"的意思。此外，他还拥有奥尔盖尔米尔（意为"山地咆哮者"）这个别名。

伊米尔的诞生经过如下所述：在整个世界处于混沌一片、被厚厚的冰层所覆盖的时候，冰霜之国吹起的寒风与火焰之国穆斯贝尔海姆吹起的热风交织在一起，融化了坚冰，形成了水滴。水滴中孕育了生命，化作一个巨大的人形生物，这就是伊米尔。还有另一种说法，一条名叫埃利伐加尔的河流中涌出了毒液，毒液越积越多，伊米尔从中诞生了。伊米尔出生之后，在黑暗中摸索着寻求食物，结果摸到了一头名叫欧德姆布拉的巨大母牛。母牛跟伊米尔一样，也是从

连接神话
与当代的
关键词

以伊米尔为首的巨人族，一般被认为是凶狠而邪恶的存在。可是，把伊米尔当作"大坏蛋"的，只有阿萨众神而已，而且没有任何资料提到过伊米尔做过坏事。

🏛伊米尔的后代——巨人族和阿萨神族

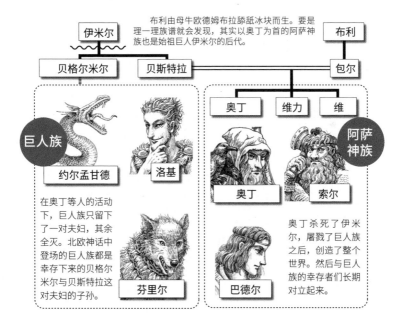

布利由母牛欧德姆布拉舔舐冰块而生。要是理一理族谱就会发现，其实以奥丁为首的阿萨神族也是始祖巨人伊米尔的后代。

伊米尔

贝格尔米尔　　贝斯特拉　　　　　　　　　包尔

布利

奥丁　　维力　　维

巨人族

约尔孟甘德　　洛基

在奥丁等人的活动下，巨人族只留下了一对夫妇，其余全灭。北欧神话中登场的巨人族都是幸存下来的贝格尔米尔与贝斯特拉这对夫妇的子孙。

芬里尔

阿萨神族

奥丁　　索尔

巴德尔

奥丁杀死了伊米尔，屠戮了巨人族之后，创造了整个世界。然后与巨人族的幸存者们长期对立起来。

冷气和热气交融后的水滴中诞生的。母牛巨大的乳房中流出了雪白的牛奶，形成了四条河流，伊米尔喝着牛奶一天一天地长大了。

　　有一天，伊米尔睡觉的时候出了一身汗，腋下蹦出了一男一女；双脚一交叉，又蹦出了一个长有六个头的怪异男子。之后，伊米尔的子孙不断增加，他们被阿萨众神称为"霜之巨人"。

　　再后来，阿萨神族的祖先布利出生，不断繁衍子孙，直到生下奥丁之后，伊米尔被奥丁三兄弟残忍地杀害。伊米尔喷出的鲜血形成了大洪水，除了一对夫妇幸存之外，其他巨人全部被淹死了。他那巨大的身躯被奥丁当作创世材料，化作了大地、海洋、天空、云彩、岩石及树木。具有讽刺意味的是，在末日之战——诸神的黄昏中，伊米尔的后代几乎将阿萨神族团灭。

洛基

Profile Data
出　身　巨人族
性　别　两性
持有物　无

✳ 招致世界毁灭的善恶两面神

　　洛基是一位同时具有善、恶两张面孔的神祇。其名"Loki"，具有"封闭者"和"终结者"的意思。一般认为，他是招致世界毁灭的元凶。洛基兼任火神一职，"Loki"是从象征着火焰的"Logi"（洛吉）这个词演变而来的。洛基的双亲都是巨人，他却和奥丁拜把子结成了兄弟，被阿萨神族迎入阿斯加德。洛基与雷神索尔、彩虹桥看守者海姆达尔交情颇深，经常和他们一起行动。他有时给众神带来灾厄，有时又会给他们提供帮助。在重大事件中，几乎都能看到洛基的影子。

　　洛基雌雄同体，擅长魔法。北欧神话的重要登场人物中，有相当一部分都是洛基的孩子，其中最有名的莫过于他和巨人安尔伯达所生的巨狼芬里尔、大蛇约尔孟甘德及冥界女王海拉了。此外，他点燃菩提树叶，烧烤人类女子的心脏，吃掉之后怀孕，生下了地面上各种各样的怪物；他变身成一匹母马之后，生下了奥丁的爱马斯莱布尼尔。

洛基所干的坏事

洛基所干的那些坏事并非完全出于他的邪恶之心，接下来，我们就将它们分为"自保""恶作剧"和"恶意"三类来做介绍。

自保

· 受到巨人夏基威胁，骗走了伊登和她的"青春苹果"。
· 被巨人盖尔罗德抓住，答应对方叫出索尔。
· 受到索尔威胁，让矮人制作西芙的假发。

恶作剧

· 趁索尔的妻子西芙熟睡，剪掉了她的头发。
· 扔石头砸死了变身为水獭的人类欧特。
· 与矮人布洛克兄弟比试的时候作弊。

恶意

· 诓骗盲眼之神霍德尔，射杀了巴德尔。
· 化身为巨人族女子，妨碍巴德尔复活。
· 参加埃吉尔举办的酒会，杀死仆役，怒骂众神。

洛基虽然仪表堂堂，性格却反复无常，经常动坏脑筋折腾别人。不过，索尔的神锤姆乔尔尼尔被盗，他曾出手相助。然而，在他设计杀死奥丁之子巴德尔之后，众神对他的态度发生了180度大转变。他们抓住洛基，用他儿子纳尔弗的肠子把他绑在岩石上，还在他头上扎了条毒蛇；毒蛇不断分泌毒液，滴在洛基的脸上。洛基的妻子西格恩为了减轻丈夫的痛苦，拿了个桶子接住毒液。可是，在他的妻子倒掉桶

子里的毒液的这段时间里，毒液就滴到了洛基的脸上。每到
这个时候，洛基就会痛苦得挣扎起来，令大地颤动不已。据
说，这就是地震的起源。洛基直到末日之战——诸神的黄昏
的时候，一直被绑在岩石上。

洛基的妻子西格恩为洛基接住毒液。马丁·埃斯基尔·温厄绘。

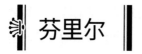

芬里尔

Profile Data	
出 身	巨人族
性 别	雄性
持有物	无

✳ 吞噬奥丁的巨狼

呜嗷嗷嗷，呜嗷嗷嗷，远处传来了芬里尔的哀号声。芬里尔是洛基和女巨人安尔伯达所生的三兄妹中的长子，长着一副狼的模样。阿萨众神听到了"会给阿萨神族带来不幸"的预言，只留下芬里尔，将它的弟弟和妹妹赶出了阿斯加德。芬里尔小时候就十分凶暴，只有提尔能给它喂食。长大之后，众神对它恐惧加深，决定抓捕它。可是，芬里尔两次被铁链捆住，两次都轻易挣脱了。第三次，众神动真格了，取出魔法绳格莱普尼尔，对它说："这么细的绳子，想必你能轻松挣脱吧？我们只是想试试这根绳子而已，捆完之后立刻就放了你。"对此，芬里尔威胁道："必须伸一只手到我嘴里，要是你们不解开绳子，我就把手咬掉。"

这时，提尔挺身而出，把手伸了进去。然而，格莱普尼

阿萨族神祇既然知道魔狼芬里尔会带来灾祸，为什么不干脆杀了它呢？这是因为，他们不想让他们的圣地被狼血污染，尽管预言告诉他们，魔狼芬里尔会成为奥丁的克星。

女人的胡子、猫的脚步声

洛基与女巨人生下恶狼芬里尔后，芬里尔被养在了奥丁的后花园。但芬里尔越长越大，成了阿斯加德最大的威胁。因此诸神打算用铁链困住芬里尔。诸神曾经先后请能工巧匠打造了两条非常粗大的铁链，但都被芬里尔挣断了。手足无措的诸神只得请来最善于制造工具的矮人国国王（也有一说是黑精灵族的工匠），这位国王用女人的胡子、猫的脚步声、石中的树根、鱼的呼吸、熊的警觉和鸟的唾液制造出一条细细的魔链。最终，芬里尔被这条魔链捆住，而战神提尔被芬里尔咬掉了一条手臂。

据说，自从芬里尔被捆住，女人便再也不长胡子，猫咪的脚步也没有了声音。只有到世界末日，芬里尔挣断锁链之时，女人才会重新长出胡子，猫也会重新拥有脚步声。所以，古代欧洲人认为女性长胡子是灾难的象征，代表世界末日即将来临。中世纪的基督教则扩大了这一传统，认为体毛重的女性是邪恶的代表。有人说西方女性刮体毛的习惯便与此有关。

⚓洛基一家

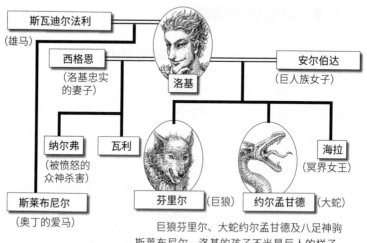

斯瓦迪尔法利（雄马）

西格恩（洛基忠实的妻子）

洛基

安尔伯达（巨人族女子）

纳尔弗（被愤怒的众神杀害）

瓦利

斯莱布尼尔（奥丁的爱马）

芬里尔（巨狼）

约尔孟甘德（大蛇）

海拉（冥界女王）

巨狼芬里尔、大蛇约尔孟甘德及八足神驹斯莱布尼尔，洛基的孩子不光是巨人的样子，时常会有形态怪异的生物出现。

尔是一根蕴含魔力的绳子，一旦被它捆住，就再也别想挣脱。芬里尔发现上当之后，暴跳如雷，一口咬断了提尔的右腕。众神把它绑在岩石上，搬来一块大石头压住，又将一把剑插入它的嘴里，剑柄顶着它的下颚，剑尖顶着它的上颚。它就这么一直张着嘴，流出的口水化作了一条名叫瓦恩的小溪。

　　芬里尔直到末日之战——诸神的黄昏，一直被绑在岩石上。战争爆发之后，格莱普尼尔松开，芬里尔重获自由。在大战中，它一口吞下奥丁，完成了复仇。可是，随后它就被奥丁的儿子维达撕开了嘴，死掉了。这一切都被预言说中了。

约尔孟甘德

Profile Data

出　身　巨人族

性　别　雄性

持有物　无

✳ 环绕大地的大蛇

约尔孟甘德是一条巨大的蛇，是洛基和巨人族女子安尔伯达所生的孩子。它的哥哥是巨狼芬里尔，妹妹是冥界女王海拉。阿萨神族在听到不祥的预言之后，认为它是"招来灾难者"。它小时候就被奥丁扔进了大海。可是约尔孟甘德十分顽强，它在海中越长越大，最后居然头尾相连，把整个世界围了起来。

约尔孟甘德和阿萨神族的索尔之间有着深深的纠葛，在他们的第一场比试中，它体形巨大的优势表现得淋漓尽致。索尔来到巨人乌特迦·洛奇的城堡，和城主进行了各种各样的比试。在其中一场比试中，对方说："把我的猫举起来就算你赢。""这有何难？"索尔边说边把手伸到猫的腹部，用力一抬，猫纹丝不动。索尔再次发力，猫仅仅一只脚稍微离

芬里尔、约尔孟甘德及海拉三兄妹仅仅因为是"洛基的孩子"就遭到冷眼相待。莫非那些自说自话制造出不幸的预言，将他们放逐的阿萨神族才是灾难的元凶，三兄妹才是受害者？

约尔孟甘德VS索尔的三场比试

第一回合

与乌特迦·洛奇的对决

○约尔孟甘德VS索尔×

在与乌特迦·洛奇比试的过程中，索尔试图举起化身为猫的约尔孟甘德。然而，对手可是足以卷起世界的大蛇，最后索尔未能将其完全举起，败北。

乘坐希米尔的船出海垂钓时的对决

△约尔孟甘德VS索尔△

第二回合

索尔乘坐希米尔的船出海，用牛头作饵钓起了约尔孟甘德。就在索尔要挥锤将其击杀的时候，希米尔害怕了，切断了鱼线，让约尔孟甘德逃得一命。

第三回合

末日之战——诸神的黄昏中的对决

×约尔孟甘德VS索尔×

激战的最后，双方都倒下了。约尔孟甘德的脑袋被索尔的雷神之锤姆乔尔尼尔击碎，死亡。而索尔也吸入约尔孟甘德喷出的毒液，丢掉了性命。

开了地面。于是索尔告负。其实，这是乌特迦·洛奇施展的魔法，猫其实是缠绕世界的大蛇约尔孟甘德。以这场比试为开端，大蛇和索尔一共进行了三场对决。

在末日之战——诸神的黄昏中，约尔孟甘德和哥哥芬里尔攻入众神的世界，向众神发动了复仇之战。大蛇每前进一步，就会掀起巨大的海啸，天上地下无不笼罩在它喷出的毒雾之中。最后在和索尔的宿命对决中，约尔孟甘德的脑袋被神锤姆乔尔尼尔敲碎，鲜血四溅。可是它鼓足最后的力量，向索尔喷出了一口毒液。随之，索尔倒退九步，倒地毙命。至此，这对冤家终于落得个同归于尽的结局。

海 拉

Profile Data

出　身	巨人族
性　别	女
持有物	无

✳ 迎接死者的冥界女王

　　海拉是死之女王，名字有"隐匿者"的意思。在比冰霜之国尼福尔海姆更深的地下，是死亡之国海姆冥界。海拉正是统治海姆冥界的冥界女王。据说，整个国度又寒冷又阴暗，笼罩在一层雾气之中。入口是一个尖石环绕、名叫格尼巴的洞窟，洞口还有一只凶猛而狰狞、名叫加尔姆的看门狗在徘徊，要进去实属不易。海拉的容貌十分恐怖，脸上一半是常人肤色，另一半是宛如冰河一般的青色。她也是洛基和巨人族女子安尔伯达所生的孩子。奥丁听信了"洛基的孩子会招来灾难"的预言，将她放逐到海姆冥界；同时，授予她统治九大世界的权力，让她负责管理死亡者。那些因疾病、寿命原因而死（被称为"麦秸之死"）的人都会前往海拉那里。与奥丁的英灵殿瓦尔哈拉相对，海拉也有一座名叫埃琉德尼尔的死灵殿，里面满是名字古怪的器具，盘子叫作弗格（空腹），刀叉叫作苏尔特

关于北欧神话的**疑问**　海拉当真是坏人吗？希望她在末日之战后，将那些病死、寿终正寝的人以"幸福之人"的身份迎入冥界，只是现代人的一厢情愿吗？

（饥饿），入口处的门槛叫作法兰达弗朗兹（有掉下去的危险），睡觉的床叫作凯尔（病床），床上的帘子叫作普林其达贝尔（辉煌的灾难）等，尽是些不吉利的名字。

光明神巴德尔死后，众神向她祈愿，希望她让巴德尔复活。对此，海拉说："若世间万物都为他的死而悲伤，你就把他带回去吧。"结果在洛基的妨碍下，巴德尔还是留在了冥界。

末日之战——诸神的黄昏爆发后，海拉将亡灵军团交给洛基指挥，自己并没有参战，之后，便杳无音信。说不定，她至今仍然在地底默默地迎接死者呢。

column

北欧神话与文化

不光彩的"麦秸之死"

古代北欧人认为因寿终正寝、疾病、海难等而死是不光彩的，谓之"麦秸之死"。虽然现代人认为寿终正寝是十分幸福的，但古代北欧人并不这么想。当时的北欧战争频发，因为战死沙场的人将以恩赫里亚的身份前往奥丁和芙蕾雅那里，所以被认为是"光荣之死"。而因寿命、疾病和事故而死的人将前往海拉所统治的冥界，是耻辱之死。为此，人们积极投身沙场，甚至有人不惜自己伤害自己以求一死。而在海里死去之人将前往巨人埃吉尔那里。

瓦夫苏鲁特尼尔

Profile Data
出　身　巨人族
性　别　男
持有物　无

✳ 向奥丁传授知识的老巨人

这是一位让奥丁深感嫉妒的巨人。他的名字有"善于捆绑之人"和"提出难题者"的意思。瓦夫苏鲁特尼尔知识渊博，通晓古今，勾起了奥丁极大的求知欲。于是，奥丁化名为"贡拉德"，只身前往约顿海姆拜访这个老巨人。"听说，你是个知识渊博的人，我此行不为其他，正是为了验证此事而来。"奥丁向对方发出挑战。

瓦夫苏鲁特尼尔答道："你的智慧要是不如老夫，就请你离开这间屋子。"先由瓦夫苏鲁特尼尔向奥丁提问，再由奥丁向瓦夫苏鲁特尼尔提问。两人一共进行了十八轮问答。一开始问题还比较简单，后来难度渐渐加大，甚至涉及了预言。瓦夫苏鲁特尼尔意识到来者的真身是奥丁，说道："你才是最有智慧的人。"问答就此结束。在这场赌上彼此性命的智慧大比拼之后，瓦夫苏鲁特尼尔的下落再也无人知晓。

为什么夏天炎热，冬天寒冷呢？神话中是这么叙述的。夏天（斯马尔）的父亲过着奢侈豪华的生活，所以夏天就很舒服。冬天（贝多）的父亲冷酷而严厉，所以冬天就寒冷而严酷。

奥丁与瓦夫苏鲁特尼尔的问答

两人进行了十八轮问答，下面介绍其中的十轮。

Q：天空和大地从何而来？	A：伊米尔的肉体化作了大地，头盖骨化作了天空，鲜血化作了海洋，骨骼化作了岩石。
Q：太阳和月亮从何而来？	A：太阳和月亮的父亲叫作蒙迪尔法利。它们为了方便人类计算时间而昼夜交替出现。
Q：白昼和新月之夜从何而来？	A：白昼的父亲叫作戴林，夜晚的母亲叫作诺尔。满月和半月也是众神为了方便人类计算时间而设。
Q：寒冬和炎夏从何而来？	A：冬天的父亲叫作温德斯瓦（寒风），夏天的父亲叫作斯瓦索德（温暖人心之物）。
Q：为何你会知晓众神的命运？	A：我曾经在全世界旅行，去过地上九个世界，也去过死者居住的国度海姆冥界。
Q：末日之战结束后，人类有谁活了下来？	A：里夫和里夫特拉希尔藏身于霍德密米尔森林中。两人靠舔舐朝露为生，必将成为新人类的祖先。
Q：巨狼芬里尔吞噬太阳之后，太阳将从何方升起？	A：太阳在被芬里尔捉住以前，早已生下一个独生女。众神死后，女儿将踏着母亲的轨迹继续闪耀光芒。
Q：苏尔特尔的火焰熄灭之后，谁将统治阿萨神族的国度？	A：奥丁之子维达和瓦利将进驻众神的家园。索尔之子摩帝和曼尼将重获神锤姆乔尔尼尔。
Q：众神毁灭之际，是谁杀死了奥丁？	A：巨狼芬里尔撕碎了万物之父奥丁，将他吞噬。奥丁之子维达将为父报仇。
Q：巴德尔火葬之前，奥丁在他儿子耳边说了什么话？	A：谁知道你过去在儿子耳边说了些什么话！

参考《埃达——古代北欧歌谣集》（谷口幸男译），概括了其中一部分内容。

斯卡娣

Profile Data

出　身	巨人族
性　别	女
持有物	无

✿ 与海神结婚的山之女巨人

斯卡娣是个喜欢在雪原上打猎的巨人女孩，后来嫁给了尼约德。斯卡娣的名字有"加害者"的意思。虽然她外表十分美丽，有着"众神的美丽新娘"的称号，其性格却极其火暴，对胆敢伤害自己及家人的人，绝不会手软。

父亲夏基被阿萨神族杀死之后，她怒气冲冲直奔阿斯加德而去，结果路上被尼约德的脚吸引住了，当即嫁给了他。斯卡娣喜欢大山，尼约德喜欢大海，这对性格迥异的夫妇就此开始了他们的婚姻生活。众神纷纷为这对新人献上祝福。奥丁将斯卡娣亡父的眼睛往天上一扔，化作了两颗星星；洛基听说斯卡娣"在父亲死后再也不会欢笑"，找来一根绳子，将两端分别绑在自己的睾丸和一头老山羊的胡须上，进行拔河，并故作娇声引她发笑。众神对斯卡娣的喜爱之情由此可见一斑。

斯卡娣和尼约德始终不合，后来就嫁给了奥丁。据说，两人生了很多儿子，子孙成为挪威王室的祖先。

　　斯卡娣曾经和洛基上过床。虽然不知道两人后来发生过什么，不过当洛基被众神绑在岩石上，在洛基头上扎毒蛇，使毒液不停地滴落在他脸上的就是她。

葛德

Profile Data
出　身　巨人族
性　别　女
持有物　无

✲ 让弗雷一见钟情的美丽女孩

葛德是海之巨人吉米尔和山之巨人奥尔伯达的女儿，后来嫁给了弗雷。"葛德"这个名字有着"围起来播种土地"的意思。据说，葛德是最美丽的女性神祇，她吸引了弗雷的目光，最后嫁给了他。葛德不仅外表美丽，她伸手开门的时候，天空和海洋都不敌其散发出的耀眼光芒。当斯基尼尔受弗雷的委托来向她求婚的时候，献出了阿斯加德的特产"青春苹果"。葛德却说："只要我一息尚存，就绝不会跟弗雷在一起。"拒绝了对方。当斯基尼尔献出黄金手镯德罗普尼尔的时候，她又说："我不会接受这种强硬的求婚。"更加坚决地拒绝了对方。可是在斯基尼尔"巧妙"的话术之下，葛德最终还是接受了弗雷的求婚。婚后弗雷夫妇恩爱有加，幸福美满，成为丰饶的象征，北欧各地都留下了两人的金制护身符和金版。

乌特迦·洛奇

Profile Data

出　身	巨人族
性　别	男
持有物	无

✿ 运用智谋将索尔玩弄于股掌之间的巨人

　　他施展魔法，使用骗术，在比试中令索尔一败涂地。乌特迦·洛奇是约顿海姆中的一位城主，拥有很多手下。他设局让索尔与熊熊燃烧的火焰、步伐快捷的思考、海洋、岁月，以及盘踞大海、缠绕大地的大蛇约尔孟甘德这些不可能战胜的对手进行比试，成功地击败了对方。这是忌惮索尔的强大而采取的战术，不过能让索尔出丑到这个地步的巨人也就他一个了。

夏基

Profile Data
出　身　巨人族
性　别　男
持有物　大雕的羽衣、庞大的财产

❋ 从众神手中偷走苹果的怪盗巨人

夏基威胁洛基，让洛基帮他拐走女神伊登，偷走了"青春苹果"，令众神陷入恐慌之中。后来洛基潜入夏基的屋子，夺回了伊登。夏基不死心，从后面追了上来。眼看就要抓住洛基了，却踩中了众神设下的陷阱，困在火焰牢笼里面，被活活烧死了。他的女儿斯卡娣想为父报仇，在赶赴阿斯加德的途中跟尼约德结婚了。

埃吉尔

Profile Data
出　身　巨人族
性　别　男
持有物　酿酒大锅

✳ 海神兼酿酒行家

　　埃吉尔和妻子澜同是掌握大海财富的巨人。因为他负责管理在海上死去的人，所以大家在出航之前，身上都会带一点儿钱，万一遭遇不测，好让埃吉尔收容自己。除此之外，埃吉尔还是一位酿造啤酒的行家。据说，他在约顿海姆的一个名叫福雷斯耶的岛屿上拥有一座用黄金来代替照明的豪华宫殿。他时不时在宫殿里开设酒宴，招待客人。埃吉尔在巨人中算是亲近众神的一方，经常设宴款待众神。为了让埃吉尔酿造出足以供应所有人喝的啤酒，索尔还特地打造了一口大锅送给他。埃吉尔的宫殿是个神圣的场所，禁止大声喧哗、打架斗殴，一个侍者只负责为一个客人端送啤酒。埃吉尔膝下有九个女儿，这九个女儿是海浪的化身，据说也是彩虹桥看守海姆达尔的母亲。如此一来，埃吉尔岂不就是海姆达尔的外祖父了吗？

苏尔特尔

Profile Data

出　身　巨人族（穆斯贝尔）

性　别　男

持有物　火焰之剑

✳ 将世界引向毁灭的炎之巨人

苏尔特尔是熊熊燃烧、火花四溅的大地穆斯贝尔海姆的统治者。苏尔特尔"Surtr"这个名字是"黑色"的意思，可以把他想象成一个黑漆漆、高大强壮的巨人。他所统治的火焰之国穆斯贝尔海姆位于世界的南端，早在始祖巨人伊米尔诞生之前，甚至天地形成前就已经存在了，这里住着一个肌肉发达、名叫穆斯贝尔的种族。

苏尔特尔手中的火焰之剑始终熊熊燃烧并散发出比太阳更为耀眼的火光，因而拥有"毁灭之枝"的别名。苏尔特尔就是高举这把火焰之剑，统领穆斯贝尔一族并守卫国境的。火焰之剑后来被认为跟魔剑雷沃汀是同一把剑。苏尔特尔的妻子辛玛拉把它收藏在一只大箱子里，挂了九把锁小心看护着。也有人认为，它就是财富与丰饶之神弗雷失去的那把剑，至于是怎么落入苏尔特尔手中的就不知道了。

连接神话与当代的**关键词**

冰岛的熔岩洞苏斯赫托里尔又被叫作"苏尔特尔之洞"。1963 年，海底火山喷发形成的世界自然遗产苏特塞岛被叫作"苏尔特尔之岛"。作为"火焰"化身的巨人苏尔特尔依旧存在于世间。

⚓由火焰之国穆斯贝尔海姆生出的万物

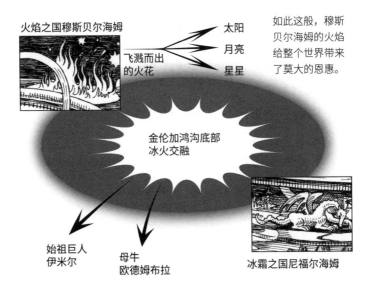

火焰之国穆斯贝尔海姆

飞溅而出的火花

太阳
月亮
星星

如此这般，穆斯贝尔海姆的火焰给整个世界带来了莫大的恩惠。

金伦加鸿沟底部
冰火交融

始祖巨人
伊米尔

母牛
欧德姆布拉

冰霜之国尼福尔海姆

　　北欧神话中火焰之神苏尔特尔的重头戏，是在末日之战——诸神的黄昏中。《散文埃达》中的篇章《欺骗吉鲁菲》是这么描述的：

　　"'诸神的黄昏'爆发之后，苏尔特尔立于阵前，亲自指挥穆斯贝尔大军攻入阿斯加德。他和洛基的亡灵大军会合之后，跨过了彩虹桥比弗罗斯特，轻轻松松撂倒了弗雷。之后，阿萨神族和巨人族在维格利德原野进行了大决战。激战中，苏尔特尔把火焰之剑往战场中央扔去，整个世界顿时被火焰所吞没，猛烈的大火将众神、人类及巨人燃烧殆尽。然后，大地沉了下去，世界就此毁灭。"

不过这个毁灭了世界的炎之巨人除了最后一幕外，在整个北欧神话中几乎就没出现过。

齐格蒙德

Profile Data

出　身	人类
性　别	男
持有物	奥丁之剑（后来被打造成魔剑格拉墨）

✳ 手持奥丁之剑、为家族复仇的勇士

齐格蒙德是齐格鲁德等人类英雄的父亲。他生于乱世之中，是沃尔松格家族的长子，也是受奥丁青睐的勇士。齐格蒙德的妹妹齐格妮大婚之时，一个戴着帽子、身披斗篷的老人出现了。他取出一把剑，插在沃尔松格家的苹果树上，说了一句"有能力拔出者即为此剑主人"后就离开了。很多人尝试了，可是都没能拔出来。最后，齐格蒙德上前一步，"唰"的一声就拔了出来。于是，这把剑就归他所有了。齐格妮的丈夫约塔兰之王西格尔看到了，恨得牙痒痒。他把齐格蒙德整个家族都招进王宫，将他们尽数杀害。幸存的齐格蒙德发誓要向西格尔复仇。

为了协助哥哥复仇，妹妹齐格妮用魔法变身之后，与齐格蒙德生下儿子辛菲特利。对此，齐格蒙德并不知情，一心一意培养起了儿子。辛菲特利长大后，两人合谋杀死了西格尔王，完成了复仇。随后，齐格妮道出辛菲特利的身世，然后自杀了。

齐格蒙德夺回王位之后，与波尔席特结了婚，生下了海

⚓沃尔松格家族的家谱

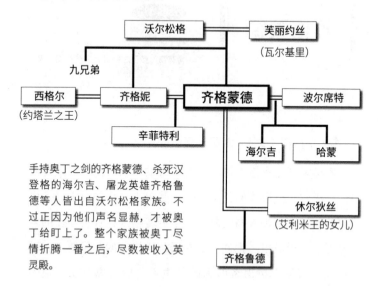

手持奥丁之剑的齐格蒙德、杀死汉登格的海尔吉、屠龙英雄齐格鲁德等人皆出自沃尔松格家族。不过正因为他们声名显赫，才被奥丁给盯上了。整个家族被奥丁尽情折腾一番之后，尽数被收入英灵殿。

尔吉和哈蒙。不久，波尔席特毒死了齐格妮的儿子辛菲特利，齐格蒙德便与之离了婚，另娶了艾利米王的女儿休尔狄丝为妻。齐格鲁德就是他们所生的孩子。另一方面，也想迎娶休尔狄丝的伦格费王，得知两人结婚后，就向齐格蒙德发动了战争。战斗中齐格蒙德英勇无比，势如破竹，可是戴帽子的独眼老人又出现了。他挥了挥手中的长枪，折断了齐格蒙德的剑。失去爱剑之后，齐格蒙德倍感失落，忧郁而死。

导致齐格蒙德人生两次大起大落的老人正是奥丁。他先把剑赐予齐格蒙德，在他功成名就之后，又把剑折断，夺去他的性命，将他以恩赫里亚的身份收入自己的英灵殿中。

齐格鲁德

Profile Data
出　身　人类
性　别　男
持有物　魔剑格拉墨、爱马古拉尼

✲ 歌剧《尼伯龙根的指环》中的悲剧英雄

齐格鲁德还有海尔吉和辛菲特利两个兄弟。包括他们的父亲齐格蒙德在内，沃尔松格家的男子个个有勇有谋，各方面都远胜于常人，其中又以齐格鲁德为最，被誉为"高傲的战士之王"。他的名字在德语里叫作齐格飞。母亲休尔狄丝再婚之后，他在希亚普瑞克国王的照顾下渐渐长大。养育他的是一个擅长魔法、名叫雷金的铁匠。雷金十分疼爱齐格鲁德，教会他各种各样的本领。

齐格鲁德长大后，将父亲齐格蒙德的仇人汉登格王的儿子们及他们的家族尽数杀死，得报大仇。在养父雷金的怂恿下，齐格鲁德一剑刺进守护黄金的巨龙法夫纳的心脏，将其击杀。雷金让他帮忙烧烤龙心。烧烤时，他舔了一口手上的龙血，因此能听懂动物和小鸟的话。齐格鲁德从小鸟口中得知雷金将会背叛他，于是先发制人杀死了雷金，然后带着法夫纳的黄金回国了。

回国途中，齐格鲁德再次听到小鸟说话，得知辛达费尔山顶有座被火焰包围的城堡。来到山顶之后，发现一个女战

齐格鲁德斩杀法夫纳。康拉德·迭利茨绘。

士倒在一圈盾牌之中。女战士名叫布伦希尔德（她的另一个名字是希格德莉法），是中了奥丁诅咒、陷入睡眠状态的瓦尔基里。齐格鲁德答应娶她为妻，可是他后来不但把这事给忘了，还娶了别的姑娘为妻，而且还无意间促使她跟妻子的哥哥古纳尔结了婚。布伦希尔德气不打一处来，设计杀死了齐格鲁德。

齐格鲁德的故事被编入由瓦格纳谱曲的歌剧《尼伯龙根的指环》。身为一名魅力十足的英雄及悲剧故事的主角，他的故事在德国也流传甚广，一直为人们津津乐道。

围绕齐格鲁德的人际关系图

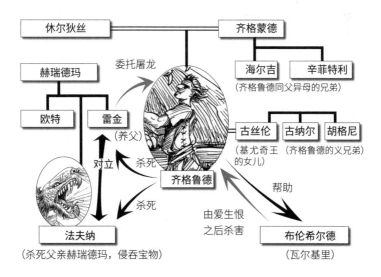

法夫纳

Profile Data	
出 身	人类/龙
性 别	男
持有物	安德瓦利的黄金、安德瓦利之戒、长剑弗洛提、埃基尔的头盔

❋ 被安德瓦利的黄金诅咒，化作巨龙的男子

　　法夫纳原本是人类，被安德瓦利的黄金蒙蔽了双眼，变成一条巨龙，整日整夜守着黄金，防止他人前来偷盗。而法夫纳之所以会变成巨龙，说到底还是奥丁、洛基、海尼尔这几个神祇折腾出来的。他们三人一块儿旅行，洛基扔石头砸死了一只水獭，而那只水獭其实是法夫纳的哥哥欧特变的。于是，他的父亲赫瑞德玛向众神索要赔偿，洛基便作为代表出发寻找黄金。他从一个叫作安德瓦利的矮人那里抢走了黄金。临走，安德瓦利对黄金下了诅咒，那是会给黄金持有者招致毁灭的诅咒。后来，诅咒接连不断地降在赫瑞德玛一家身上。面对小山一般的黄金，法夫纳的欲望如潮水一般涌了上来，他杀死了父亲赫瑞德玛，将众神给予的巨大赔偿金、安德瓦利的金戒指及父亲的遗产据为己有，没有给弟弟雷金

在古代的北欧，人们认为被其他人知道本名是一件非常危险的事情，因此他们往往会使用假名。这是因为北欧人认为名字具有强大的力量，若用本名施咒会造成致命的后果。

和妹妹留下一厘一毫。而后，被占有欲冲昏头脑的法夫纳变成了一条巨龙，日夜守护着他的财宝。

法夫纳变成巨龙之后，事情并没有结束。他的弟弟雷金在诅咒的作用下，也对黄金产生了疯狂的欲望，内心被复仇所占据。雷金怂恿养子齐格鲁德前去屠龙。齐格鲁德趁法夫纳外出喝水的时候，一剑刺进他的心脏。

column

有关法夫纳的**小**·**故**·**事**

巨龙法夫纳和英雄齐格鲁德之间的问答

巨龙："留下黄金吧，它会夺走你的性命。"

齐格鲁德："人终有一死，何不在那一天到来之前，好好享受一下黄金和宝石的光辉。"

巨龙："我也是这么想的。然而，贤明之人在暴风雨平息之前会静待港口之中，愚蠢之人则会顶风出航，直至触礁沉船。请你记好了，黄金已经被下了诅咒，会给持有者招致不幸，你也不例外。"

问答结束之后，法夫纳又做了些预言，提及众神终将死亡，然后就咽了气。

　　法夫纳死前与齐格鲁德进行了一系列问答。他宛如贤者一般，言语中充满睿智，甚至还能进行预言了。最后，他向齐格鲁德忠告了一句"黄金终将夺去你的性命，所以什么都不要带走，直接回家去吧"，就死了。齐格鲁德舔了一口法夫纳心脏流出的血液之后，获得了能听懂小鸟说话的能力。然而，他无视法夫纳的警告，带走了黄金。于是，诅咒在他身上继续延续了下去。

column
北欧神话在西方的遗存

婚礼交换戒指的习俗

　　如今，西方男女结婚时交换戒指的习俗便是来源于维京人。在北欧神话中，戒指代表勇气、财富、力量与权力。传说，奥丁曾经告诫自己的海盗后裔：抢来的戒指必须要砸开平分；而北欧神祇之间的赌咒发誓也经常用戒指作为保证，比如布拉基曾对洛基说："骏马和利剑我都可以送你，布拉基再补偿你枚戒指。你莫再怨恨阿西尔神祇，免得激怒他们对你发泄。"（《埃达》，石琴娥译）因此深受北欧神话影响的维京人十分看重戒指，维京青年男女结婚时便有了一份非常重要的仪式——当众互换一枚自己的戒指。这一传统延续至今，成了如今西方婚礼上的必备仪式。

布伦希尔德

Profile Data

出　身　阿萨神族/人类

性　别　女

持有物　安德瓦利之戒

✳ 与英雄齐格鲁德相爱的悲剧 —— 瓦尔基里

　　布伦希尔德是一位勇敢的瓦尔基里，可是自从她与英雄齐格鲁德相爱，却不断给周遭带来厄运。因为她在故事前半段的名字是希格德莉法，后半段又变成了布伦希尔德，所以既有人说她们是两个人，也有人说是同一个人。本书采取同一个人的说法来进行叙述。

　　布伦希尔德违背了奥丁的命令，不但被从瓦尔基里贬为人类，还被下了沉睡的诅咒，关在辛达费尔山顶一座熊熊燃烧的城堡里。后来，齐格鲁德解开了布伦希尔德的诅咒，并与她定下婚约，然后各自下山了。布伦希尔德对齐格鲁德一往情深，可是齐格鲁德却把她给忘了，娶了别的女孩为妻。后来，齐格鲁德还欺骗她，让她跟自己妻子的哥哥结了婚。得知真相的布伦希尔德心中充满嫉妒和憎恨，她唆使自己的丈夫古纳尔杀死齐格鲁德，最后，又一剑刺进自己的胸膛，结束了生命。后来布伦希尔德的故事被编入由瓦格纳谱曲的歌剧《尼伯龙根的指环》，以悲剧女主角的身份流传到了后世。

北欧神话
小知识

下山的时候，齐格鲁德把安德瓦利之戒交给了布伦希尔德。后来，古纳尔就是被这枚戒指蒙蔽了双眼，杀死了齐格鲁德。所以整个故事之中，黄金的诅咒始终暗暗地起着作用。

齐格鲁德发现沉睡的布尔希伦德。雅克·瓦格里兹绘。

海尔吉

Profile Data
出　身　人类
性　别　男
持有物　爱马比古布雷尔

❋ 受命运女神眷顾的勇者

　　海尔吉的父亲是齐格蒙德，齐格鲁德是他同父异母的弟弟。在他出生的时候，命运三女神前来拜访，为他定下了"成为一代名君"的命运。海尔吉于 15 岁那年，乘坐军舰出海，击杀了父亲齐格蒙德的宿敌汉登格王。他在战场上总是身先士卒，冲锋陷阵，是一位永不言退的勇者。战后，他会把战利品分发给大家，是一位有情有义、体恤部下、深得人心的好将领。后来，海尔吉邂逅了胡格尼国王的女儿，也就是身为瓦尔基里的希格露恩。当时，她被海兹布洛德家族逼婚，正与对方交战中。于是，海尔吉指挥舰队帮她击败了敌人，两人缔结了姻缘。不幸的是，海尔吉却倒在了战场上，死后以恩赫里亚的身份被迎入奥丁的英灵殿。据说，海尔吉看到悲痛不已的妻子很是心疼，返回人世，陪伴妻子一夜，之后再也没有出现过。随后，他的妻子也结束了短暂的一生，不过两人却得以在来世重逢。其实，海尔吉和希格露恩前世就做过夫妇，两人轮回转世之后，三次与对方相遇相爱，在世间传为一段佳话。

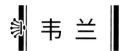

Profile Data	
出　身	人类
性　别	男
持有物	翼之羽衣

✵ 娶了瓦尔基里的悲剧铁匠

韦兰是娶了瓦尔基里的男子。他在日耳曼文化中十分著名，号称是"人类中技艺最高超的铁匠"，在北欧神话中也频频登场。据说，他能预测天气，还是个射箭的好手。韦兰是芬恩王三个儿子中最小的一个，兄弟三人在狼谷造了栋房子，以打猎为生。

有一天，兄弟三人在一个池塘边邂逅了三个瓦尔基里，并将她们分别娶回了家。婚后第九年，瓦尔基里们受到战场的呼唤，飞走了。韦兰的两个哥哥踏上了寻妻之路，留下他一个人守家。于是，韦兰一边为爱妻打造首饰，一边等待着她的归来。他将宝石镶满赤金，制成了手镯，再用丝线把它们穿起来。日子一天一天过去，手镯的数量也越来越多。与此同时，韦兰制作手镯的消息传到了尼亚尔的尼德兹国王的耳中。国王把韦兰抓了起来，命令他为自己工作。当韦兰打造第 700 个手镯的时候，其中一个手镯被国王的女儿贝丝碧儿朵夺走了，他的脚筋也被挑断了，还被关在一个叫作塞瓦尔斯塔兹的岛上。他心中复仇的火焰越烧越旺。

　　有一天，机会来了。尼德兹国王幼小的儿子们提出要看宝物，来到了韦兰所在的小岛，于是他将他们尽数杀害。紧接着，国王的女儿贝丝碧儿朵也来了，要他修理从他这里夺去的手镯。韦兰一口答应下来，并招待她喝酒。当酒醉的贝丝碧儿朵回到自己的房间，韦兰冲进去非礼了她。然后，他披上之前制作的翼之羽衣，飞离小岛，来到王宫，告诉国王自己杀死了他的儿子，并高声喊道："你的女儿也怀上了我的孩子！"复仇之后，韦兰就飞走了，没有人知道他去了哪里。

column

有关韦兰的 小故事

北欧神话中的"羽衣传说"

　　日本神话中"羽衣传说"十分有名，讲述了一个男人藏起仙女的羽衣，并娶她为妻的故事。其实这个故事与韦兰三兄弟娶瓦尔基里为妻的情节十分相似。一天，三人在狼谷看到三个瓦尔基里在编织亚麻，边上放着她们飞天时穿的天鹅羽衣。于是，兄弟三人就把天鹅羽衣藏了起来，将女孩子们带回了家，分别娶她们做自己的妻子。可是，婚后第八年，瓦尔基里们提出要返回战场，并在第九年付诸了行动。她们向各自的丈夫告别后，披上天鹅羽衣，飞向了战场。

column
北欧神话逸闻录

矮人和爱尔芙

除了众神之外，北欧神话中还有各种各样的其他种族登场，这里就介绍一下为众神打造了各种各样宝物的矮人及美丽的爱尔芙这两个种族。

◆ 矮人

矮人精通锻冶技术。北欧神话中登场的各种武器和魔法道具都是由他们打造而成的。本来他们只不过是始祖巨人伊米尔尸体上爬动的蛆虫而已，后来众神施展魔法把他们变成了人形，还赋予了他们智慧，让他们居住在泥土和岩石缝隙之中。矮人相貌丑陋，皮肤苍白，十分惧怕阳光，被晒到的话就会变成石头。其性格邪恶、好色而且狡猾。

◆ 爱尔芙

爱尔芙指的是北欧神话中的精灵，一共有两种。一

连接神话
与当代的
关键词

古诺尔斯语中的爱尔芙"Alfr"是北欧起源的所有妖精的总称，同样也是妖精爱尔芙"Elf"一词的语源。据说，童话书中的妖精都是由爱尔芙变化而来的。

种是生活在爱尔芙海姆、长相跟众神十分相似的里流斯爱尔芙（白精灵）。据说，北欧人生重病的时候，会向里流斯爱尔芙献上祭品。另一种是生活在地下世界史瓦尔德爱尔芙海姆的铎克爱尔芙（黑精灵，暗之精灵），他们皮肤黝黑，在泥土和岩石缝隙中生活。

《精灵之舞》。瑞典画家尼尔斯·布鲁姆绘。

众神的事件簿

众神与英雄们引发的诸多大事件

事件簿档案 Vol.1

芙蕾雅项链事件

芙蕾雅与四个矮人上床后，将项链收入囊中

主要人物：芙蕾雅

"啊，这是何等的美丽，"

面对眼前绚烂夺目的光辉，华纳神族的女神芙蕾雅不由得赞叹起来，而她看到的仅仅是举世无双的项链布里希加曼露出的一角。

陡峭的悬崖边，住着矮人一家。芙蕾雅悄悄打开房门，从门缝中向里窥视，呈现在眼前的是一片闹哄哄的景象，四个矮人正专心致志地打造一条项链。眼看着他们把一颗颗华美的宝石镶入黄金之中，芙蕾雅的心一下子就被勾了过去。她再也忍耐不住，推门而入，说道："拜托了，请把这条项链卖给我吧。"

然而，矮人们一口拒绝。

"为什么呀？钱不是问题，无论你们开什么价，我都要买！"

"我们不缺钱，不过你要是肯跟我们四个人睡一觉，那

就另当别论了。"

听到这里，芙蕾雅犹豫了，想道：

"居然要我用身体来交换项链，真是一群卑鄙无耻下流的矮人。啊！啊！可是那条项链实在是太完美了。我好想要，真的好想要啊！怎么办呢？算了，不就是陪他们睡一觉吗……"

最后，内心对项链的渴望占了上风，芙蕾雅分别陪四个矮人睡了一晚。他们四人分别叫作阿尔弗利克、杜华林、贝尔林与格尔。

完事之后，矮人们信守诺言，把项链送给了芙蕾雅。芙蕾雅把它当作宝物，紧紧地抱在胸前，带回了家。从此以后，这条项链便片刻不离，始终挂在她的胸前。

事件簿档案 Vol. 2

阿斯加德城墙事件

众神毁约！

主要人物：洛基

这是很久很久以前的事了，那时，阿斯加德还没有牢固的城墙。

一个铁匠打扮的男子进入城中，提出要花一年的时间，为阿斯加德打造一堵城墙。

据他所说，这堵城墙坚不可摧，再强大的巨人也无法将其攻破，侵入城中。

不过，男子要求道："城墙建完后，你们要把女神芙蕾雅嫁给我，还要把太阳和月亮送给我。"

这种事平时都是索尔出面应对的，可是他有事外出了，只好由其他神祇拿主意。

大家讨论后，向男子回复道："要是能在一个冬天内完工，就如你所愿，付你报酬。可要是夏天到来了，城墙哪怕还缺一块石头，我们也分文不付。还有，城墙必须由你独立

⚓ 阿斯加德城墙事件的经过

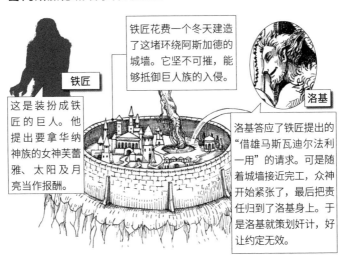

这是装扮成铁匠的巨人。他提出要拿华纳神族的女神芙蕾雅、太阳及月亮当作报酬。

铁匠

铁匠花费一个冬天建造了这堵环绕阿斯加德的城墙。它坚不可摧，能够抵御巨人族的入侵。

洛基

洛基答应了铁匠提出的"借雄马斯瓦迪尔法利一用"的请求。可是随着城墙接近完工，众神开始紧张了，最后把责任归到了洛基身上。于是洛基就策划奸计，好让约定无效。

完成，不得向任何人求助。"

　　铁匠接受了关于时间的要求，但请求道："至少把雄马斯瓦迪尔法利借我一用，好帮我搬运石料。"

　　众神犹豫了，可是在洛基的怂恿下，最终还是答应了铁匠的请求。

　　冬天来临了，铁匠立马着手建造城墙。

　　他白天开采石料，雄马晚上负责运送。雄马运送的石料巨大无比，令众神目瞪口呆。他们这才意识到，雄马的工作量比铁匠不知道多了多少倍。

时间一天一天过去了，石头越堆越高，一堵又高又结实的城墙渐渐成形。离夏天还有三天的时候，铁匠已经开始打造城门了。

而众神这边，眼看着城墙越垒越高，惊慌之情也是一天胜似一天，因为这就意味着要实现嫁出芙蕾雅、送出太阳和月亮的约定。

"这样一来，阿斯加德与毁灭无异，当初是哪个蠢货想出来的馊主意？"

众神开始互相指责起来，最后矛头一致指向了洛基。

众神来到洛基家中，威胁道："喂，你赶快想个办法赖掉这笔账，否则我们会让你死得很难看。"

洛基听了很害怕，发誓道："放心吧，无论付出多大的代价，我都会让他完不了工。"

一天夜里，铁匠采石头采到一半，一匹母马从森林中跑了出来，朝雄马斯瓦迪尔法利嘶鸣起来。

斯瓦迪尔法利看到母马之后，挣脱缰绳，追着对方跑进了森林。其实，这匹母马是洛基变的，他为了妨碍铁匠施工，故意勾走了雄马。

铁匠从后面追了上来，想拉回雄马，可是两匹马在森林

八足神驹斯莱布尼尔的诞生秘闻

在这起"阿斯加德城墙事件"中，还有一个小插曲，那就是奥丁的爱马斯莱布尼尔的诞生。巨人铁匠被索尔击杀之后，洛基变的母马和雄马斯瓦迪尔法利依旧整天混在一起。后来，洛基生下了一匹长有八只脚的灰色小马。众神中谁都没见过如此出色的马。

这匹马被取名斯莱布尼尔，洛基将它送给了奥丁。奥丁骑上它后，上天、入地、下海都如履平地一般。

中撒欢嬉戏，又蹦又跳，根本接近不了。

第二天，同样的事情又发生了。

这样一来，斯瓦迪尔法利就失去了作用，铁匠一个人又搬不了石头，工期就耽搁了。终于，到了截止日期，城墙没有建完。铁匠顿时暴跳如雷，像疯了一样闹腾起来。看到他这个样子，众神这才知道，原来他是山之巨人乔装打扮的。

众神只好叫来索尔。索尔二话不说，抢起姆乔尔尼尔就是一锤，将巨人的头盖骨敲了个粉碎。

这一下，别说领取报酬了，铁匠自己都被丢进了死亡之国海姆冥界。

事件簿档案 **Vol. 3**

弗雷一见钟情事件

弗雷为情所迷，放弃了宝剑！

主要人物：弗雷

见到葛德的那一瞬间，弗雷为巨人女孩惊人的美貌所倾倒，坠入了爱河。

弗雷趁奥丁外出，坐上了奥丁王座，欣赏起了世界各地的景色。只见远在天边的巨人吉米尔家中的院子里，站着一个年轻女孩，她将芊芊玉手缓缓伸向门把手，正要推门进入卧室。她的手臂是如此之美，散发着夺目的光辉，令天地为之黯然失色。弗雷回家后，始终忘不了这个女孩，整天茶饭不思，觉也睡不好，自言自语道："啊，莫非这就是相思之情吗？她是如此惹人怜爱，全世界没有一个女孩比得上她！"

弗雷把自己关在房间里，谁也不见，谁也不理。他的父亲把斯基尼尔叫过来，让他去探探风声。斯基尼尔见到弗雷后，问他为什么老是一个人闷在房间里，得到的却是"太阳虽然每天升起，可是却不按我的心意转动"这种让人捉摸不透的回答。斯基尼尔从小跟弗雷一起长大，是跟他一起玩耍的好伙伴。他想了想，说道："你有什么烦恼尽管说吧，我们之间应该没什么好隐瞒的。"听到他这么说，弗雷终于吐露出了自己的心思："我爱上了一个女孩，然而无论众神，还是妖精，没一个人能让我和她在一起！能不能请你去一趟巨人的国度，帮我向巨人吉米尔的女儿求婚呢？"

斯基尼尔听了之后，说道："此行十分危险，可以说是九死一生。不过，你要是把不畏惧幽暗火焰的雄马和能自动杀敌的宝剑送给我，我就帮你跑一趟。"

弗雷二话不说，把宝物交给了他。于是，斯基尼尔把宝剑别在腰间，跨上无所畏惧的雄马，前往巨人的国度。见到葛德，斯基尼尔传达了弗雷的心意：

"我带来了一样好东西哦，那可是众神的至宝，具有重返青春功效的苹果。如果你愿意接受弗雷的求婚，苹果就是你的了。"

对此，葛德答道：

"不，我不会为了青春苹果跟他结婚的。我有生之年绝不会跟弗雷在一起的。"

听到她这么说，斯基尼尔又取出一样东西，说道："那么，这只黄金手镯德罗普尼尔又当如何？它每过九夜就会诞下八只一模一样的新手镯哦，它们会像水滴一样吧嗒吧嗒地往下掉。"

　　然而，葛德还是拒绝了。斯基尼尔顿感棘手，只好来硬的了。他拔出弗雷交给他的宝剑，威胁道："小心我用这把刻有符文的剑砍下你的头。"可是，女孩依然不为所动，并说道：

　　"我这屋子里并不缺黄金。就算你要加害于我，也会有很多人来保护我的。"

　　面对无论如何都不肯接受求婚的葛德，斯基尼尔只好用诅咒威胁她，最后高喊道："巨人们啊，给我听好了，我将夺走这个女孩所有的喜悦，我会把象征肉欲、疯狂、不安的三种符文刻在她身上。如果你改变心意，我就把它们消除！"

　　听到这里，葛德端出盛有蜜酒的水晶杯，说道："请你喝了这杯酒，为我们祝福吧。"斯基尼尔在端过酒杯之前，问她什么时候能跟弗雷见面。葛德答道："有一个名叫巴里的小森林，九夜过后，我将在那里与尼约德的儿子交换爱的誓言。"

　　听到她这么说，斯基尼尔总算是安下了心，转身离开了。

　　斯基尼尔回到阿斯加德，见坐立不安的弗雷早已等在门外。听到斯基尼尔的汇报，弗雷叹道：

小心我用刻有符文的剑砍死你父亲。

你别看人世了，看冥界的海拉去吧。

你不是不想结婚吗？我就如你所愿，用魔杖抽你的脸，让你再也见不得人。那个时候，你躲到一个荒无人烟的地方去好了。

小心我在大家面前让你出丑，你只能张大嘴巴从墙缝里窥视外界。

斯基尼尔的诅咒语录

你将深陷疯狂、悲叹、束缚和不安之中，永远苦恼不已，泪流不止。

你要么与长有三个头的巨人过日子，要么孤独一生。你永远也得不到爱情，只能在忧郁中度过每一天。

奥丁将对你无比愤怒，弗雷将对你无比憎恶。可怜的小姐啊，你将沐浴在众神的怒火之中。

"一夜已经很长了，两夜就更长了，三夜可叫我如何忍耐，简直如同一个月一般长久……啊，我的葛德！"

如此，弗雷终于如愿以偿，与心爱之人结为连理。据说，两人结婚之后感情很好，成为"家庭圆满"的代表。

然而，弗雷在末日之战与巨人交手时，却因为没有宝剑，只能手持鹿角战斗——这时他不禁对当初为了恋情而将宝剑拱手送人感到后悔不已。

事件簿档案 Vol. 4

索尔男扮女装事件

索尔男扮女装杀进了巨人的国度？！

主要人物：索尔

索尔的神锤姆乔尔尼尔不见了。姆乔尔尼尔是一把扔出去之后必定能打倒敌人的神锤，号称众神最强的武器。而今，索尔早上一睁开眼睛就没发现它的踪影。索尔不禁暴跳如雷，又撸胡须又挠头皮，折腾了半天，还是没找到锤子。于是，他叫来洛基，大喝道：

"你给我听着，也不知道这天上地下哪个浑蛋偷了我的锤子！"

洛基立刻意识到问题的严重性。他和索尔一致认定是巨人搞的鬼，便一起来到芙蕾雅的住处，向她借了鹰之羽衣，飞往巨人的国度约顿海姆。

来到约顿海姆的上空，洛基放眼望去，看到了巨人托利姆。他正坐在一个小丘上，一会儿给自己的狗编织项圈，一会儿为自己的马修剪鬃毛。托利姆看到洛基之后，问道："什么风把你吹来了？阿斯加德发生什么事了？"

洛基怀疑地瞥了他一眼，直接问道：

"就是你偷走了索尔的锤子吧？"

托利姆倒也爽快，回答道：

"是啊，我把它藏在了地下三万米的地方。你只要让芙蕾雅做我的老婆，我就把锤子还给你。"

洛基立刻返回阿斯加德，向索尔说道：

"看来要想拿回锤子，只有让芙蕾雅嫁给他了。"

两人再次造访芙蕾雅，问她能不能嫁到约顿海姆去。芙蕾雅闻言大怒，脸涨得通红，大喝道：

"大家要是知道我嫁给了巨人，肯定把我当作一个荡妇来看待！"

索尔和洛基只得灰溜溜地退了出去。

索尔召集阿萨众神，齐聚一堂，讨论怎样才能把姆乔尔尼尔夺回来。海姆达尔提议道：

"何不让索尔打扮成新娘子的样子，到托利姆那里走一趟呢？"

"太荒谬了！"索尔自认是男人中的男人，说道，"我要是穿上新娘子的衣服，还不成为大家的笑柄？"

洛基不失时机地插了一句：

"都什么时候了，还说这种话。没有了锤子的话，巨人轻而易举就能攻下阿斯加德。"

于是，索尔只得不情不愿地打扮成新娘的样子，胸前挂满了宝石，头上套了花环，还向芙蕾雅借来项链布里希加曼。

"我扮成侍女跟你一起去。"

说着，洛基也穿上了女装。随后，两人就出发了。

看到花车由远而近地驶了过来，托利姆喜极而泣：

"巨人们啊，咱们开始布置会场吧，美丽的女神芙蕾雅就要成为我的新娘了。过去，这间屋子里虽然有长着金角的母牛、浑身漆黑的雄牛及数不尽的金银财宝，唯独缺了芙蕾雅。现在，她终于出现了！"

婚宴开始之后，打扮成新娘的索尔吃掉了整整一头母牛和八条鲑鱼。他不仅把各种美味佳肴扫入肚中，还喝干了三桶蜜酒，看得托利姆眼睛都直了。

"有谁见过这么能吃能喝的新娘子？！至少我没见过。"

扮成侍女的洛基眼珠子一转，回答道：

"芙蕾雅小姐心中挂念着远在巨人之国的您，已经有八天没有吃过东西了。"

托利姆听了之后感慨万分，低下头就要去吻新娘子。可是一看到对方的脸，吓得立刻倒退了好几步，缩到了墙角：

"芙蕾雅的眼睛怎么如此恐怖，好像要喷出火来？"

洛基再次答道：

"芙蕾雅小姐已经有八个晚上没有睡好觉了。那同样是出于对您的思念。"

这时，托利姆的姐姐走了过来，向新娘子说道：

"你要是想得到我的认可，就把那只红手镯给我。"

托利姆说道：

"还是先为新娘子祝福吧，把锤子拿来放在她的面前，为我们两个举行净化仪式。"

看到锤子之后，索尔暗暗一笑，一个箭步冲上去把它抢了过来，并一锤敲死了托利姆，又一锤敲死了他的姐姐，最后把在场的所有巨人杀了个干干净净。于是乎，雷神之锤姆乔尔尼尔再次回到众神手中。

雷神之锤被盗，索尔男扮女装去夺回，但他无论怎么打扮，都是一个壮汉的样子。无奈之下向芙蕾雅借来项链。正是这条项链的魔力，让索尔穿上女装也显现出迷倒男人的美丽气质，这才骗过巨人。

事件簿档案 Vol. 5

索尔认领仆从秘闻

索尔以山羊为代价得到了仆从！

主要人物：索尔

一天，索尔和洛基坐在索尔的羊车里旅行。天渐渐黑了下来，两人便找了一户农家准备过夜。

晚饭的时候，索尔杀了拉车的两头山羊，剥皮之后放进大锅中烹饪起来。羊肉烧熟后，索尔向农夫道：

"你们也一起来吃吧。"

于是，农夫的儿子希亚费和女儿萝丝昆娃便坐了下来，品尝起了美味。索尔把山羊的皮铺在边上，把吃剩的骨头整理好堆在上面。

第二天，索尔在天亮前就爬了起来，高举神锤姆乔尔尼尔，对羊的残骸进行净化和祝福。紧接着，羊的骨头慢慢成形，恢复成了活羊的样子，站起了身。原来，就算索尔把山羊肉吃了个精光，但只要骨头和羊皮保存完好，第二天就能通过神锤的魔法使山羊获得重生。

　　然而，这天早上，一头山羊的后腿瘸了。那是因为农夫的儿子希亚费太贪吃，把山羊的腿骨用刀割开，吸食了里面的骨髓。

　　索尔大怒，向农夫吼道：

　　"为什么山羊瘸了一条腿?！你们谁糟蹋了羊骨头?！"

　　农夫看到索尔横眉倒竖、怒目圆睁，浑身止不住地颤抖起来，仿佛下一秒就要昏过去。

　　索尔举起他引以为傲的神锤姆乔尔尼尔，准备出击。就在这时，农夫、他的妻子及儿女一齐哭喊道：

　　"请饶我们一命吧！家里的东西统统给你！"

　　索尔看着哆哆嗦嗦的一家四口，怒气渐渐平息了下来，他将农夫的孩子收为仆从之后，就原谅了他们。

　　两个孩子中，哥哥希亚费脚力强健，后来在索尔和巨人的战斗中立下了汗马功劳。

　　而此后索尔的一只山羊始终瘸着个腿，拉车的效率大大降低。据说，索尔后来就经常徒步旅行了。

事件簿档案 Vol.6

西芙剃光头事件

索尔的妻子西芙变成了光头！

主要人物：洛基

"啊呀呀呀呀呀！"

一天早上，索尔的宫殿比尔斯基尼尔中回响起了凄厉的惨叫声——索尔的妻子西芙一觉醒来，发现自己的头发一根不剩，她变成了一个光头。

西芙原先长着一头茂密的金色长发，那是她美貌的象征。

她的秀发在阳光的照射下，散发着金色的光辉，宛如成熟的麦田。所以，她的头发也是"丰饶的象征"，一直是她本人和索尔的骄傲。

可是前一天夜里，洛基偷偷摸进了西芙的房间，趁她熟睡之际，将她的头发咔嚓咔嚓剪掉了。于是，西芙抱着自己光溜溜的脑袋，找索尔哭诉去了。

索尔闻言大怒，吼道：

　　"能干出这种事的，只有洛基那家伙。我非把他的骨头一根一根扭断不可！"说完，便冲出了屋子。

　　找到洛基之后，索尔一把抓住他的胳膊，力气之大好像真的要将洛基的骨头扭断。

　　洛基害怕了，不停地道歉：

"对不起，对不起啦！下次再也不敢了！"

可是索尔不依不饶，一边牢牢地钳住他，一边高声怒骂。

"痛痛痛痛……夫人的头发我会赔的啦，所以请放手吧。"

洛基拼命求饶，可是索尔根本不相信。

"赔？怎么个赔法？世界上没有什么东西可以抵得上西芙的头发！"

"我会让矮人制作一顶新的金发，它不仅没有一丝杂色，还能在太阳的照耀下闪闪发光，戴上之后会像真的头发一样，在头皮上扎根重新生长起来。真的啦，矮人有的是能工巧匠，一定有人能做出来的，请相信我啦。"

索尔总算是消了点气，不过他在放手之前，口气严厉地警告道：

"你给我记好了，要是新的头发不如原来的头发，或者在头上生不了根……小心我真地扭断你的骨头！"

洛基暂时保住一命，大喜过望，立刻前往矮人居住的石洞。

洛基委托的是声名显赫的矮人伊瓦第的儿子杜华林兄弟。

杜华林兄弟听了洛基的要求，说道："小事一桩。"

杜华林兄弟制作宝物的过程

**杜华林兄弟制作了
三件宝物**

● **黄金假发**
宛如真正的头发一样，吸附
在西芙头皮上，成为她新的
头发。

● **长枪昆古尼尔**
扔出之后必定能打倒敌人并
且返回物主手中的投枪，后
来献给了奥丁。

● **魔法船斯基布拉尼尔**
一艘可以折叠起来带着走的
魔法船，后来献给了弗雷。

③ 委托制作
黄金假发

洛基

① 剃光头

② 大怒！

索尔

西芙

接着，他们便动手做起来。不一会儿的工夫，就制作出
一顶完全不输给西芙原来头发的金色假发。

矮人兄弟兴致高昂，又打造了另外两件宝物送给他。一
件是长枪昆古尼尔，扔出去之后必定能打倒敌人，并能飞回物
主手中；另一件是魔法船斯基布拉尼尔，任何时候都能顺风航
行，自由驰骋于天空和陆地，不用时可以折叠起来塞进口袋。

洛基大喜过望，带着宝物踏上了归途。

回到阿斯加德之后，洛基把黄金假发交给了索尔。这顶假发果然神奇，一戴上就吸附在西芙的头皮上，跟真的头发一样生长起来。

于是，西芙的头发重获新生，再次闪耀起了金色的光辉，再次让她引以为傲。

后来，洛基把长枪昆古尼尔送给了奥丁，把魔法船斯基布拉尼尔送给了弗雷。

而洛基在将功补过之后，总算是捡回了一条命。

事件簿档案 Vol.7

观脚择偶事件

巨人女孩斯卡娣仅仅看了看脚就为自己选定了丈夫!

　　这一天，阿斯加德举行了前所未有的择偶活动。主角是巨人族女孩斯卡娣，她将从阿萨神族的男性神祇中挑选自己的丈夫。

　　斯卡娣是巨人夏基的女儿，长得十分美丽，被阿萨神族称为"众神的美丽新娘"。她的父亲夏基是以无双怪力和狡猾品性闻名天下的巨人。夏基掳走了女神伊登，偷走了她的苹果，结果被阿萨众神杀死了。

　　斯卡娣得知消息后极为愤怒，带上武器直奔阿斯加德，气势汹汹地要找阿萨神族算账。

　　奥丁为了平息她的愤怒，只好行苦肉计，提出了这个择偶方案。

　　他向斯卡娣说道：

　　"请原谅我们对你父亲的所作所为吧，阿萨神族里的男性随便你挑，不过你挑选的时候只能看脚。"

　　于是，男性神祇排成一排，挡住上半身，只露出脚。斯卡娣想：

"要说哪个男人配当我丈夫，自然是巴德尔了。"

斯卡娣边走边看，突然看到一双远超常人的美脚。"它们一定属于美丽的光明神巴德尔了。"斯卡娣心想，便指定了那双脚。可是，脚的主人却是华纳神族的尼约德。尼约德整天泡在海里接受海浪的冲洗，所以他的一双脚比谁的都好看。

虽然如此，斯卡娣只得嫁给尼约德。而尼约德倒也老实，将斯卡娣娶进了门。

可是，两人性格不合，斯卡娣想住在山里，尼约德想住在海边。结果两人只好约定换着住，先在斯卡娣的山中宫殿托利姆海姆住九天，再去尼约德的海边宫殿诺欧通住九天。可是尼约德每次从山中回来，都会哼哼道：

"山里真讨厌呀，九天真的太长了。相比野狼的叫声，还是天鹅的歌唱更好听。"

斯卡娣也不甘示弱，同样哼哼道：

"海边海鸟太吵闹了呀，害我睡不好觉呀。大清早海鸥开始吵，我就睁开了眼呀。"

据说，斯卡娣无论如何也适应不了海边的生活，最后回到了自己的老家。两人的婚姻生活虽然并不圆满，但生下了财富与丰饶之神弗雷和爱的女神芙蕾雅。兄妹两人后来成为华纳神族中最出名的神祇。

事件簿档案 Vol.8

蜜酒盗取事件

奥丁欺骗巨人，
夺得蜜酒！

主要人物：奥丁

　　据说，世间有一种魔法蜜酒，喝了之后可以获得作诗的才能。求知欲旺盛的奥丁得知这个消息后，无论如何也要把它弄到手。

　　可是，蜜酒的所在并不清楚，奥丁便踏上了寻酒的旅途。

　　据说，蜜酒一开始装在三个壶里，由矮人保管，后来落到巨人史登手中。史登为了防止蜜酒被盗，把它们藏在赫尼山中，让自己的女儿耿雷姿看守。

　　了解到这一情况后，奥丁化名为普鲁维克，从史登的兄弟包基入手，实施了蜜酒盗取计划。

北欧神话
小知识

为了盗取蜜酒，奥丁化作一条蛇钻进山洞，将此世和彼世连在了一起。据说，只有神祇和英雄才能进那山洞，可是就算通过，能够活着回来的人也是少之又少。

⚲ 蜜酒盗取事件的经过

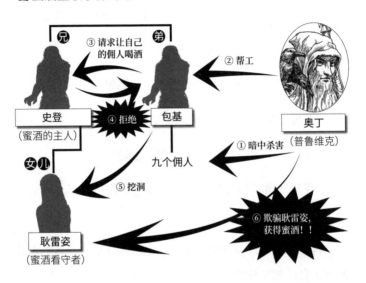

不知为何，包基家的九个佣人莫名其妙地死掉了。

其实，那是奥丁搞的鬼。他装作不知情的样子，来到包基家中，说道：

"我来做你的佣人吧，那九个人的工作我全包了。"接着又说道，"作为回报，请让我喝一口史登的蜜酒。"

包基想了想，回答道：

"蜜酒的话我可做不了主，不过我会帮你请求的。"

于是，奥丁就以普鲁维克的身份工作起来。整个夏天他兢兢业业地完成了九个人的工作，过后，便提出要喝蜜酒。

包基没辙，只得和奥丁一起来到史登家。

然而，他的请求遭到了史登的一口回绝：

"那可是我的宝贝，任何人都别想喝！"

出门之后，奥丁瞪了包基一眼，说道：

"我帮你做了那么多事，现在该轮到你帮我了。咱们要想个办法把蜜酒搞到手。"

包基无奈，只得答应下来。在之后的计划中，奥丁充分发挥了自己的变身能力。

他从皮带中取出一把锥子，交给包基：

"你帮我在赫尼山上挖个洞。"

赫尼山正是史登的女儿耿雷姿看守蜜酒的地方。

包基接过锥子，挖了起来。一个小时后，他告诉奥丁挖好了。

奥丁之所以如此渴求知识，并非出于纯粹的好奇心。当时，人们十分信奉语言的力量，可以认为他是想通过作诗传播智慧和魔力这一手段来巩固自己的统治。

魔法蜜酒的来历

蜜酒的主要原料是众神的口水。阿萨神族和华纳神族在战争结束后，纷纷往一只壶里吐口水，以表示和解。众神为了将其留作纪念，为口水赋予了生命。于是，一个男子从壶中诞生了。男子非常聪明，知识渊博，任何问题都难不住他，大家称之为贤者库巴希尔。男子外出旅行，将知识授予众多人类。可是，后来他却被一个矮人杀死了。矮人把糖蜜掺进男子的血液中，装入两只名叫波东和松的壶，以及一口名叫欧兹略立尔的大锅之中，诗蜜酒就此完成。

奥丁对着包基挖好的洞吹了口气，随之有尘土飞扬出来，扑了他一脸。

奥丁不乐意了：

"我可是勤勤恳恳为你工作了那么久，你就这么敷衍我？好好把洞给我挖穿了！"

包基无言以对，只得再次挖起来。

挖完之后，奥丁再次朝洞里吹了口气，这次没有尘土飞扬出来。奥丁立刻变成一条蛇钻入洞中。包基一看慌了，赶紧拿锥子戳过去。可是，那蛇极其敏捷，一眨眼就不见了。

于是，奥丁成功来到了耿雷姿身边。

至此，计划进入第二阶段，设法从耿雷姿那儿骗取蜜酒。对于奥丁来说，勾引年轻女孩实在是易如反掌。他甜言蜜语几句，耿雷姿就魂不守舍了。两人厮混了三天三夜，耿雷姿就再也离不开奥丁了。她让奥丁坐在金椅子上，把自己最珍贵的东西一样一样拿出来，为他打扮起来。最后，她取出装有蜜酒的一口大锅和两只壶，说道：

"这酒连我自己都舍不得喝，现在给你尝尝吧。不过，每壶只能喝一口哦。"

她叮嘱之后，就把壶交给了奥丁。

奥丁心里激动万分，心想，关键时刻到啦，端起来一口喝干了大锅里的蜜酒，第二口喝干了波东壶里的蜜酒，第三口喝干了松壶里的蜜酒。史登珍藏的蜜酒就这样一滴不剩，全部灌入了奥丁的肚子里。

　　喝完酒之后，奥丁立刻穿上鹫鹰羽衣往阿斯加德飞去，留下耿雷姿一个人目瞪口呆，愣在了原地。

　　得知消息后，史登勃然大怒，变成大雕追赶奥丁。

　　阿斯加德的众神看到奥丁乘风归来，赶紧把城中所有的桶搬了出来，放在地上。奥丁越过城墙之后，一边飞一边把酒吐进地上的桶里。

　　史登也不是好惹的，一路追了过来，一爪抓向奥丁。奥丁一慌神，嘴里的蜜酒洒出来一些，不过还是顺利逃脱，大部分酒也成功吐进了桶里。

　　获得蜜酒之后，奥丁心满意足，迅速将其分给了众神和擅长诗歌的人类。

据说从此以后，奥丁就善于运用词汇，能够唱出悦耳的诗歌了。

至于那些洒出来的蜜酒，则被底下的路人喝了去，被人称作"蹩脚诗人的福利"。

后来，巨人们来到阿斯加德，询问道："你们知道一个叫作普鲁维克的男人吗？那家伙盗取了我国的蜜酒，还伤害了史登的女儿，最后逃之夭夭了。"

众神异口同声地回答："我们不认识叫那名字的男人。"便再也不理对方了。巨人们无可奈何，只得悻悻而归。

事件簿档案 **Vol. 9**

水獭遇害事件

众神的恶作剧：将人类打入不幸的深渊！

主要人物：洛基

奥丁、海尼尔和洛基三人经常全世界到处旅行。

这是他们途经人类的国度米德加尔特时候的事情了。一天，阳光明媚，瀑布散发出迷人的光彩。一只水獭正懒洋洋地趴在边上，品尝着一条肥美的鲑鱼。

洛基看到后，嘿嘿一笑，捡起一块石头，用力朝水獭扔了过去。石头成功命中，水獭当场毙命。

洛基一手拎着软趴趴的水獭，一手拎着鲑鱼，向两人炫耀道：

"我把水獭和鲑鱼都弄到手了哦。"

奥丁和海尼尔听了很高兴，因为晚上能吃到美味了。

然而，在当天露宿的人家里，他们却发现了一个惊人的事实。原来，洛基砸死的那只水獭是屋主赫瑞德玛的儿子欧特。欧特擅长捕鱼，白天会变成水獭的样子到水里去。

　　赫瑞德玛大怒，和另外两个儿子法夫纳、雷金，将三个神祇绑了起来，又没收了奥丁的长枪昆古尼尔，脱掉了洛基穿的飞行靴，削弱了众神的力量。

　　奥丁说道：

　　"我们不知道那是你儿子。在杀我们之前，能不能给我们一个补偿的机会呢？无论你要什么，我们都会满足你。"

　　赫瑞德玛想了想，对两兄弟说道：

　　"让你们的妹妹把水獭的皮剥下来。"

　　皮拿来之后，赫瑞德玛把它摊在火炉旁，向众神说道：

"用黄金把这张皮填满，再用黄金把它整个包起来，这就是你们杀死欧特的代价。"

奥丁决定让洛基去准备赔偿金，就让对方解了洛基的绳子。绳子一被解开，洛基就出发了。他看上去很着急，心里却想：赫瑞德玛要是杀了奥丁和海尼尔，就拿不到黄金了；那两人平时老是呵斥自己，要让他们吃点苦头。

洛基来到矮人安德瓦利位于瀑布旁的洞窟，恶狠狠地命令他把黄金都交出来。安德瓦利哆哆嗦嗦地把洛基带到了打铁屋。

只见屋子里放着各种各样的黄金器具，有黄金圆盘、黄金碎片、黄金擀面杖等。洛基把它们通通装进了袋子里。

"都在这里了。"安德瓦利说道。

"把你手上戴的戒指交出来，别以为我没看见。"洛基威胁道。

"请让我留下这枚戒指吧。没了它，我就再也造不出黄金了。"

安德瓦利再三请求，可洛基毫不理睬，一把抓下戒指，戴在了自己手上，然后扛起袋子就往门外走去。安德瓦利在背后喊道：

⚓ 围绕水獭遇害事件的人际关系图

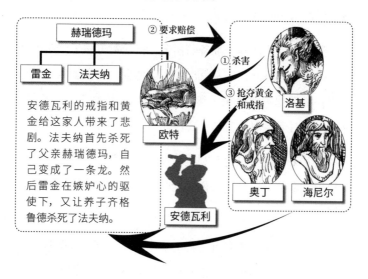

赫瑞德玛

雷金　法夫纳

安德瓦利的戒指和黄金给这家人带来了悲剧。法夫纳首先杀死了父亲赫瑞德玛，自己变成了一条龙。然后雷金在嫉妒心的驱使下，又让养子齐格鲁德杀死了法夫纳。

② 要求赔偿

① 杀害

③ 抢夺黄金和戒指

欧特

洛基

奥丁　海尼尔

安德瓦利

"我诅咒黄金和戒指的持有者！你将遭受毁灭的命运！"

洛基根本不为所动，因为这些东西是要给别人的。

"反正毁灭的又不是我。"洛基于是心安理得地回到了赫瑞德玛的家。

他刚进门，就听到了奥丁的抱怨：

"好慢。"

"我费了好大一番功夫才搞到黄金。"

洛基边说边把袋子放了下来。

奥丁看到他手上的戒指，立马说道："给我。"

洛基只得乖乖地把戒指交出去，眼看奥丁套在了自己手上。

奥丁和海尼尔的绳子被解开后，三人开始装黄金。他们把水獭皮从头顶到尾巴全部用黄金塞满，再把它立起来，在周围堆起黄金，直到把它全部盖住为止。

完成之后，赫瑞德玛绕着黄金堆仔仔细细地看了起来，突然大吼一声：

"有根胡须还露在外面！只要这根胡须没盖住，赔偿就不够，合约就无效！"

洛基朝奥丁使了个眼色，示意他把戒指交出去。奥丁没辙，只得不情不愿地把戒指放在胡须处，说道：

"这样够了吧？"

得到对方肯定的回答后，奥丁和海尼尔就往门外走去。洛基回头朝赫瑞德玛和他的儿子法夫纳、雷金瞥了一眼，低声道：

"那些黄金和戒指受到了安德瓦利的诅咒，你们不会有好下场的。财宝的拥有者将会万劫不复。"

安德瓦利之戒的诅咒

奥丁他们离开后，黄金和安德瓦利之戒的诅咒立刻应验了。赫瑞德玛的两个儿子法夫纳和雷金要求分割赔偿金，却遭到了拒绝。于是，法夫纳趁父亲睡觉，一剑将他刺死。而雷金要求继承父亲的遗产，同样遭到了拒绝。法夫纳把黄金、戒指及父亲的遗产全部据为己有，自己却变成了一条龙，躲在山洞里，整日守着他的宝贝。至此，由洛基的恶作剧之心所引发的"水獭遇害事件"拉开了整个事件的序幕，最后把人类英雄齐格鲁德和他的家族引上了毁灭之路。

赫瑞德玛听了之后，满心后悔：

"看来财宝来路不正啊。早知道这些东西如此不祥，当初还不如让你们抵命呢……"

洛基接着说道：

"安德瓦利说过，今后出生的国王将会互相憎恨。黄金会导致两个兄弟死亡，为八个国王埋下不合的种子。"

说完，他奸笑了两声，便追着奥丁和海尼尔而去。

事件簿档案 Vol. 10

齐格鲁德屠龙记

英雄齐格鲁德屠杀巨龙！

主要人物：齐格鲁德

　　米德加尔特的格尼塔海兹荒野上，沉睡着一条巨龙。它把黄金堆成小山藏在洞里，自己蹲在前面看守。

　　巨龙整天闭着眼睛，好像在睡觉一样，但它的神经一直绷得紧紧的。只要有可疑人等靠近，立马就露出一副凶相，赶走来者。它还戴着埃吉尔之盔，常人看到它就会陷入无形的恐惧之中。

　　其实这条龙原本是个人类，一个名叫法夫纳的年轻人，他受到了安德瓦利的黄金和戒指的诅咒，被欲望冲昏了头脑，最后化作了龙。洞窟中满地都是珍稀的财宝，其中有受到"招致两个兄弟死亡，为八个国王埋下不合的种子"诅咒的黄金、黄金之戒及一把名叫弗洛提的长剑。

　　而法夫纳的哥哥雷金对这些宝物窥伺已久。他也被欲望冲昏了头脑。无论是众神给予的黄金，还是法夫纳杀死父亲之后

围绕齐格鲁德屠龙事件的人际关系图

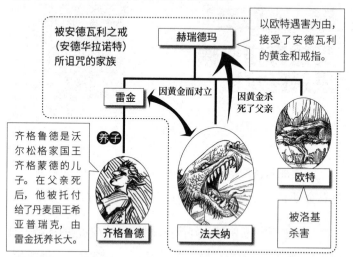

被安德瓦利之戒
（安德华拉诺特）
所诅咒的家族

赫瑞德玛

以欧特遇害为由，接受了安德瓦利的黄金和戒指。

雷金

因黄金而对立

因黄金杀死了父亲

养子

齐格鲁德是沃尔松格家国王齐格蒙德的儿子。在父亲死后，他被托付给了丹麦国王希亚普瑞克，由雷金抚养长大。

齐格鲁德

法夫纳

欧特

被洛基杀害

留下的遗产，他是一分钱都没有拿到，依然是个贫穷的铁匠。

雷金接到丹麦国王希亚普瑞克的命令，收养了齐格蒙德的遗子齐格鲁德。雷金善使魔法，将各种各样的知识教给了齐格鲁德。齐格鲁德长大后，雷金说道："格尼塔海兹荒野埋有宝藏。有条龙在看守宝藏，你去把龙杀了。"

齐格鲁德一口应承，带上魔剑格拉墨，跨上爱马古拉尼出发了。雷金悄悄跟在他后面。齐格鲁德在荒野转了一圈，发现了法夫纳外出喝水的路径。齐格鲁德便在它的必经之路上挖了个大坑，跳了进去。过了一会儿，法夫纳钻出山洞，往这边爬了过来。它一边爬一边吐着毒液，毒云笼罩在齐格鲁德头上，可他一动不动，静待时机到来。当巨龙爬到齐格鲁德正上方的时候，他猛地一剑刺出。魔剑格拉墨准确地刺穿了巨龙的心脏。法夫纳巨大的身躯连连摇晃，尾巴吧嗒吧嗒猛砸地面，剧烈抽搐了起来。齐格鲁德见状，迅速跳出大坑，看着奄奄一息的巨龙，只听它有气无力地问道：

"年……年轻人啊，你是谁的孩子？手持闪耀之剑刺穿吾心，沐浴鲜血的又是何人？"

濒死之人要是知道了对方的名字加以诅咒，对方就会受到重创。想到这里，齐格鲁德隐瞒了自己的真名，回答道：

"我名叫高傲的雄鹿，我生来就没有母亲，也没有父亲，一直孤单一人。"

法夫纳当然不信，问及他父亲的名字。齐格鲁德回答道："是英雄齐格蒙德。"

之后，齐格鲁德和法夫纳进行了一系列问答，最后法夫纳说道：

"听我一句，什么都不要带走，直接回家去吧。无论是叮当作响的黄金，还是赤红如火的财宝和戒指，它们终将夺去你的性命。"

齐格鲁德回答道：

"虽然你给了忠告，但我还是要带走黄金。你就尽情呻
吟，好好体验一下临死前的痛苦吧。"

法夫纳叹息道："你赢了。"说完，就闭上了眼睛。

在齐格鲁德和法夫纳战斗的时候，雷金躲在暗处。看到
齐格鲁德擦拭剑上的血渍，就冒了出来，称赞了他一番之后

说道：

"啊啊，好想吃龙的心脏啊，齐格鲁德，你去生火烤一烤。"

齐格鲁德用树枝穿起法夫纳的心脏烤了起来，在烤的过程中，龙血不断从心脏滴落下来。烤了一会儿，齐格鲁德想看看烤得怎么样了，伸手去捏，被火给烫到了。他不由得把手指伸进嘴里，舌头沾到了法夫纳的鲜血，因此能听懂小鸟的话了。

"雷金正躺在那里动坏脑筋哪。他想陷害旁边那个自信过头的年轻人，夺取他的黄金哪。"

"明明只要砍下那个老不死的脑袋，就能独吞法夫纳的黄金了哪。"

"可是那个年轻人还蒙在鼓里哪，真是个大笨蛋！"

齐格鲁德从小鸟口中得知真相之后，砍下了雷金的脑袋，吃掉了法夫纳的心脏，喝下了雷金和法夫纳的鲜血。

然后，他顺着法夫纳的足迹，来到它的住处。只见，无论是门扉、

魔剑格拉墨的由来

堪称齐格鲁德代名词的魔剑格拉墨，其实是他父亲齐格蒙德的那把被奥丁折断的剑。齐格鲁德把剑的碎片交给了自己的养父——优秀的铁匠雷金。雷金把剑的碎片重铸之后，制成了魔剑格拉墨。这是一把剑锋锐利、从中可以看到熊熊火焰的魔剑。雷金自豪地说道："将这把剑倒插在莱茵河中央的话，就算有团毛线从上游漂过，都会被它一分为二。"雷金拿起磨刀石让齐格鲁德试刀，结果磨刀石直接被砍成了两截。从此之后，齐格鲁德手持魔剑格拉墨，天下无敌。

柱子，还是家中的大梁，都是用铁打造的。其中，不仅有堆成小山一般的黄金，还有埃吉尔之盔、安德瓦利之戒、黄金铠甲、长剑弗洛提等宝物。齐格鲁德将它们装进两个箱子，带走了。

齐格鲁德把宝箱放在爱马古拉尼背上，然后拉动缰绳，可是马根本不走，于是，他自己也飞身上马。看到自己的主人骑了上来，古拉尼十分高兴，兴冲冲地跑了起来。

事件簿档案

女武神悲恋事件

瓦尔基里爱上了
英雄齐格鲁德

主要人物：瓦尔基里

　　齐格鲁德骑着爱马古拉尼在荒野上奔驰。远方的一座山上燃着熊熊大火，火光直冲云霄。古拉尼毫不畏惧，一路奔上了山顶，只见一座城堡被围在盾牌之中。齐格鲁德冲进去，看到一个全副武装的人倒在地上，取下头盔一看，是个女孩。于是，他挥剑划破盔甲，女孩子醒了过来，抬起头问道：

　　"你是谁？是你划破了我的盔甲，把我唤醒的吗？"

　　齐格鲁德答道："我是齐格蒙德的儿子，名叫齐格鲁德。"问及女孩的名字，对方答道："我叫希格德莉法，是侍奉奥丁的瓦尔基里。"缓了缓，又说道，"我之所以会倒在这里，是受了奥丁的诅咒。之前，两个国家发生了战争，奥丁想把胜利赐予其中一个国王，可是我杀了那个国王，让另一个国王获胜了。奥丁很生气，叫我找个人嫁了，一生服从那个男人，不得反抗，但我发誓要嫁给一个无所畏惧的男人。后来，我被沉睡之棘刺中，睡了过去。"然后又说眼前的齐

冰雪聪明的希格德莉法和
嫉妒心深重的布伦希尔德

希格德莉法被齐格鲁德解开睡眠魔法之后，不仅教会了他符文秘术，还教给了他 11 个胜利的诀窍，她是个理性知礼、有情有义的女子。

"要真诚对待自己身边的人，确保他们在关键时刻不会背叛自己""怒火中烧之人在战斗中更要注意周边发生的一切"等言语皆出自她之口。这样一个充满智慧的女性，后来居然会因爱生恨，杀死了自己深爱的男人，真是太不可思议了。因此，也就出现了希格德莉法和布伦希尔德是两个人的说法。

格鲁德正是自己理想的丈夫。齐格鲁德听完之后，把安德瓦利之戒交给了对方，两人定下了婚约。希格德莉法十分聪明，她不仅传授了齐格鲁德有关胜利的诀窍，还教会了他符文魔法。之后，两人分两个方向下了山。

希格德莉法回到了父王布德利身边，改名为布伦希尔德，每天靠织布打发时日。布德利希望她能以公主的身份早日完婚，好过上相夫教子的幸福生活。

　　可是布伦希尔德却说道："我的丈夫必须是世上最强的男人。"她让父王在辛达费尔山上造了一座宫殿，并在周围点上一圈火，扬言道："只有能骑马穿越火焰之人才配做我的丈夫。"

　　另一方面，齐格鲁德在山顶与希格德莉法（布伦希尔德）定下婚约后，竟把这事给忘了，与裘基王的女儿古姿伦结为连理。他又与王子古纳尔和胡格尼产生了深厚的友情，与两人结为兄弟。齐格鲁德答应帮助古纳尔向布伦希尔德求婚，两人一起来到辛达费尔山顶。可是火烧得太旺，古纳尔的马根本不敢靠近。齐格鲁德打扮成古纳尔的样子，骑着爱马古拉尼穿过了火焰，进入宫殿，向布伦希尔德求了婚。布伦希尔德感慨于来者的勇气，嫁给了对方。当天晚上，两人虽然同榻而卧，但齐格鲁德把魔剑格拉墨放在两人之间，没有越雷池一步。第二天早上，齐格鲁德把自己的手镯交给了她，布伦希尔德则把安德瓦利之戒递了出去。到这个时候，齐格鲁德还没有认出这正是自己以前交给希格德莉法的那枚戒指。

　　布伦希尔德与古纳尔结婚之后，生活十分幸福，直到有一天得知那天来山顶向她求婚的人是齐格鲁德。她勃然大怒，对于背叛者齐格鲁德的怨恨，以及始终无法将他忘怀的思念，两种感情交织在一起，形成了一股巨大的杀意。

　　后来，齐格鲁德虽然也想起了以前与名为希格德莉法的布伦希尔德的婚约，但他的感情已经属于现任妻子了，况且他与古纳尔兄弟还有着深厚的友情。于是，他向布伦希尔德说道："虽然我们的约定没有实现，但你依然是对我重要的人之一。今后，我们要是能够分享喜悦，就再好不过了……你现在不也拥有古纳尔这个出色的丈夫了吗？"

"你根本就不懂我的心。明明是你屠的龙，是你穿的火圈，可是我们却无法结为夫妇。齐格鲁德，你不仅背叛了我，还夺走了我所有的幸福！"

布伦希尔德悲痛欲绝，大叹一声："再活下去也没有意义了！"回去之后，她挑拨古纳尔和他的兄弟去杀了齐格鲁德。两兄弟犹豫了一下，最后还是被齐格鲁德的黄金所吸引，把他杀了。布伦希尔德收到齐格鲁德的死讯之后，放声大笑，久久不止。看到她这个样子，古纳尔悲伤道："你的笑声并非出自喜悦。真心欢喜之人是绝不会铁青着脸发笑的。我们家族所有的不幸都是你带来的。"

布伦希尔德拿起一把长剑，倒转剑锋刺入了自己的胸膛，并留下遗言："请把我和齐格鲁德一起火葬吧。"

事件簿档案 (Vol. 12)

海尔吉轮回转生事件

海尔吉三度重生，
与同一个女子陷入爱河！

　　挪威国王休瓦兹和美丽的王妃生下一个男孩。男孩出生的时候嘴巴紧闭，所以连名字都没有取。

　　一天，九名瓦尔基里骑马来到男孩面前。在她们之中，有个全身熠熠生辉、名叫斯薇法的女战士。她是艾里米王的女儿，一眼就看出这个男孩将来会成为英雄，便给他取名为海尔吉，并将一把用黄金打造的剑赐予了他。后来，这把剑在战场上始终守护着海尔吉，指引他通往胜利之路。

　　海尔吉不断战胜强敌，名声越来越大。与此同时，他和斯薇法的感情也水到渠成，结为连理。可是，海尔吉的成功引起了他弟弟强烈的嫉妒，害他死在了战场上。

　　岁月流转，海尔吉以英雄齐格蒙德儿子的身份出生了。在他出生的夜晚，命运女神诺恩斯亲临，为他定下了"将来会成为伟大的国王、无双的英雄"的命运。

　　15岁那年，海尔吉成功击杀了父亲齐格蒙德的宿敌汉登格王。

这项壮举，使他赢得了"杀死汉登格王的海尔吉"的称号。

海尔吉在凯旋途中遭遇了暴风雨。不过，空中的瓦尔基里成功将他的船从女神澜手中抢了回来，保护他及船队平安返回了港口。这些瓦尔基里中有个名叫希格露恩的女战士，她正是海尔吉前世的妻子斯薇法的转世。

后来，胡格尼国王的女儿希格露恩遭到了以刚勇著称的葛兰玛国王的长子海兹布洛德的逼婚。希格露恩想起了那个名叫海尔吉的勇士，便喊上自己的瓦尔基里同伴，飞过天空，越过海洋，到处寻找他的踪影。

终于找到海尔吉之后，希格露恩一把将他抱住，与他深情接吻，在他耳边轻语道：

"你才是我理想的丈夫。"

于是，海尔吉便向海兹布洛德家族正式宣战。他召集了自己的人马，在希格露恩父亲和兄弟的帮助下，很快就击败了敌人。可是希格露恩家除了弟弟达格之外，全部都战死了。希格露恩虽然很伤心，可是一想到能与海尔吉结合，还是喜悦之情更胜一筹。不久之后，两人就生了个儿子。

天有不测风云，海尔吉命不长久。希格露恩的弟弟达格为报父仇，向奥丁许愿，希望他能帮助自己杀死海尔吉。达格手持奥丁神枪昆古尼尔，刺穿了海尔吉的胸膛。

海尔吉被收入英灵殿之后，曾回到过人间，因为他不忍看到希格露恩太过悲伤，整天以泪洗面。

海尔吉从墓穴中爬了出来，浑身都是鲜血，见希格露恩目不转睛地盯着自己，说道：

"这些血都是你造成的。你的眼泪落到我的胸膛上，化作了炽热的鲜血。所以，请不要再悲伤了。"

希格露恩在墓穴中铺了一张床，在海尔吉的怀里度过了一晚。可是第二天一觉醒来，海尔吉已经不见了，并且再也没有回来过。希格露恩伤心欲绝，结束了自己的生命，追随海尔吉而去。

以悲剧结局的两人，于来世再次相逢。这次，海尔吉重生为一名瑞典勇士，而希格露恩则成了一位名叫凯拉的瓦尔基里。每逢战斗，凯拉都会化作天鹅在空中吟唱咒歌麻痹敌人，来守护海尔吉。

可是有一天，海尔吉与丹麦人在维纳恩湖上战斗的时候，把剑举得太高，失手砍下了天鹅的脚，凯拉从天上掉了下来，死了。海尔吉在失去守护之后，被敌人割下了头颅。至于两人后来有没有再次转生，就不得而知了。

第四章

Chapter
4

北欧神话中的文化

北欧神话中出现的文字、咒法、道具及动物

北欧神话中登场的
文字、咒术、道具和动物
传说中为众神所使用、蕴含魔力的文字

❀ 维京人也曾使用过符文

符文（也称卢恩文字）是蕴含魔力的文字。北欧神话中的众神将符文当作咒术道具来使用，以推动事情向他们希望的方向发展。在公元 2 世纪遗留下来的石碑上就刻有符文，所以其不仅存在于神话之中，古代北欧也真实使用过。最古老的符文一共有 24 个，相传个个都蕴含着强大的魔力。其实，它们只不过是一些刻在木片上、只有纵横寥寥数笔的简单文字而已。据说，将符文刻在肉体、树木、石头上就能增强魔力，反之将其刮去的话，魔力就会消失。

传说，符文最初是秘藏在宇宙树伊格德拉西尔之中的。《埃达》中写到，奥丁用长枪刺伤自己，"倒吊了九天九夜，终于将其掌握"。至于到底是符文浮现在了树干上，被奥丁所认知；还是化作实体，被奥丁捏在了手中；"掌握"一词

连接神话
与当代的
▶关键词

其实，"书"这个词来源于山毛榉。它在盎格鲁-撒克逊语中写作"boc"。把山毛榉制成薄片，再把符文刻在上面，就制成了书。现代瑞典语中的"bok"一词就包含着山毛榉和书两个意思。

⚓符文石碑和遗产的发现场所

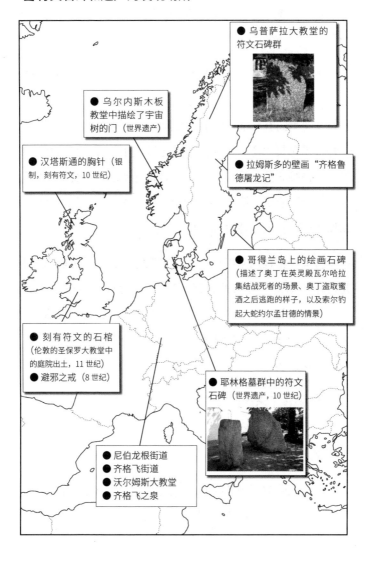

● 乌普萨拉大教堂的
符文石碑群

● 乌尔内斯木板
教堂中描绘了宇宙
树的门（世界遗产）

● 汉塔斯通的胸针（银
制，刻有符文，10 世纪）

● 拉姆斯多的壁画"齐格鲁
德屠龙记"

● 哥得兰岛上的绘画石碑
（描述了奥丁在英灵殿瓦尔哈拉
集结战死者的场景、奥丁盗取蜜
酒之后逃跑的样子，以及索尔钓
起大蛇约尔孟甘德的情景）

● 刻有符文的石棺
（伦敦的圣保罗大教堂中
的庭院出土，11 世纪）
● 避邪之戒（8 世纪）

● 耶林格墓群中的符文
石碑（世界遗产，10 世纪）

● 尼伯龙根街道
● 齐格飞街道
● 沃尔姆斯大教堂
● 齐格飞之泉

到底表达了一种怎样的情形，这就不得而知了。不过有一点是肯定的，奥丁习得符文之后，获取了超凡的智慧及强大的力量。

据说，奥丁将符文传授给了有才华的神祇和人类，符文咒术才得以流传。神话中曾多次出现过使用魔法的场面。擅长符文咒术的有奥丁、提尔、芙蕾雅、海姆达尔及斯基尼尔。众神怀着敬畏之心及绝对的信赖之情使用符文。身为瓦尔基里的希格德莉法如是说："只要不轻信异端邪说，怀着坚定的信仰为自己使用，符文就能发挥出巨大的力量。请好好学习，勤加运用，直至众神毁灭之日来临。"

符文经常被用来施展魔法、实现愿望，不过也能当作诅咒使用。据说，对众神而言，"小心我把符文刻在你身上"是最为凶狠的威胁之语。符文不仅作为魔法文字于神话中登场，还出现在了现实的咒术和文档记录中，这更为它平添了一份神秘色彩。

✸ 流传下来的符文现状

"论及刻有符文之处，便是屹立于光辉神（太阳）身前的盾牌之上。"

这是北欧神话中的一句，意思是光芒四射的战士们所持的盾牌上都会刻有符文。而现实中使用符文的，大多是一手持剑、一手持盾的维京人。

其中，就有这么一个祈愿胜利的魔法：在武器上刻上含有"↑"（提尔）的咒语，染上自己的鲜血，再呼喊两次提尔的名字，就能击退敌人，获得胜利。另外，北欧人还将符文刻在木片和石头上，随机抽取来进行预言，这跟中国《易经》中记载的占卜术有着异曲同工之妙。据说，维京人十分注重偶然性，一旦进行占卜，就会完全根据占卜结果来行事。不过在日常生活中，符文更多被用在了贸易和买卖中，作为记录文字发挥着实际效用。

符文出现的具体年代和地点至今仍是个谜。随着国家的变更，时代的发展，符文的形状和数量也在不断改变和发展，可依然没能逃脱衰退的命运，最终还是被拉丁文所取代。其中一个原因，据说是符文蕴含的魔力过于强大，记录和流传的难度太大。

事实上，现在也有仍在使用的符文。冰岛字母表中就有"ᚦ"（苏里萨兹）这样的文字。它蕴含着强大的魔力，具有避邪的功效。这个符文也在神话中登场过，被称为"斯鲁斯文字"。

维京人是擅长交涉的商人和航海家。他们十分信奉用骰子和符文占卜，对于出现的点数和神谕深信不疑。他们的信条是赌上偶然性，使其成为必然，即现实中的胜利。

另外，以北欧为中心，整个欧洲到处都发现过刻有符文的大石头和石碑，甚至还找到了刻有符文组合的图章，人们常常效仿北欧神话中的故事来使用这些图章。

column
北欧神话在西方的遗存

卢恩文字

北欧神话中，奥丁倒挂在宇宙树上，终于获得了无上的智慧，通晓了卢恩咒语的秘密。但其实神话中的卢恩文字，并不是人们凭空捏造的，而是确实存在过的一种文字，是北欧最早的文字。

在中世纪的欧洲，卢恩文字是某些北欧日耳曼语族的书写语言，在斯堪的纳维亚半岛与不列颠群岛通用。后来卢恩文字逐渐被其他字母取代。公元 700 年左右，卢恩字母在中欧消失；公元 1400 年左右在斯堪的纳维亚半岛等地区消失。

古代北欧金石器上雕刻的铭文，是使用卢恩文字书写的。至今发现最早的卢恩刻文在公元 150 年左右。最古老的卢恩文字有 24 个字母，人们喜欢用它刻在肉体、石头、木头上面，他们相信卢恩文字能带来神奇的魔力。

用于魔法的符文

◎ 奥丁使用过的魔法

目的	施术的方法
让死者复活	将刻有符文的木片放进死者口中，死者就会道出预言，于尘世复活。
施加沉睡的魔法	只要将沉睡的符文"ϟ"（希葛，SIGEL）刻在树枝与树叶上，扎在熟睡之人的头发里或胸口，即可生效。除非符咒掉落，否则魔法是解不开的。

◎ 希格德莉法传授给英雄齐格鲁德的符文

符文	施术的方法
"↑" 提尔 (TIR)	渴盼胜利，就要将胜利的符文刻于剑柄和刀刃上，再吟诵提尔的名讳两次。
"ᚼ" 尼德 (NIED)	不想遭信赖的女性背叛时，就在手背和指甲上印上这个字母。
"ᚠ" 恩索兹 (ANSUZ)	遭人妒恨而要以颜色时，就必须通晓雄辩的符文。此字仅为其中一说。
"ᛇ" 爱瓦兹 (EIHWAZ)	要是想比其他人更聪明，就必须通晓智慧的符文。此字仅为其中一说。
"◇" 英古 (ING)	想祈祷孕妇顺利分娩，就要将顺产的符文刻在手掌上，祈求庇佑。此字仅为其中一说。

◎ 海姆德尔教导其子的符文

符文	施术的方法
"ᛟ" 欧索 (OTHEL)	施以符文，授予自己的名字、世袭财产及自古以来的所有地。从意义上来看，也有人抱持着不同的看法，可谓众说纷纭。

◎用于诅咒的符文

使用的神祇（人）	施术的方法
斯基尼尔	斯基尼尔受弗雷之托，向巨人族的女儿葛德求婚却遭拒，因而威胁她要刻上符文"ᚦ"（苏里萨兹）及肉欲、疯狂、不安这三个词。只要接受求婚，他就会消除文字，让诅咒消失。然此三个词写法不详。
海尔吉	海尔吉为了击垮敌方的军队而使用了致命的符文，因此他和部下不管在陆地还是海洋上都能全身而退。然文字写法不详。

※ 符文的魔法也会出现在上述以外的情况，但有许多文字内容不详。

北欧神话中的符文

符文	意义	通称	英文字	魔力、咒力	相关神祇
ᚠ	富裕	菲胡 (FEHU)	F	富裕、丰沛、家畜、持有物	弗雷
ᚢ	野牛	兀尔德 (URUZ)	U	力量、速度、不屈的精神	古代野生原牛
ᚦ	棘刺	苏里萨兹 (THURISAZ)	Th	除魔、无畏之心、伤口	苏尔特尔
ᚨ	言灵	恩索兹 (ANSUZ)	A	言语、传达、口授	奥丁
ᚱ	旅行	瑞多 (RAIDHO)	R	勇者、坚毅的身心、一路顺风	风神
ᚲ	火焰	肯那兹 (KENAZ)	C/K	火炬、热情、灯火	火神

X	赠礼	基辅 (GIFU)	G	赠礼、才能、 宽大、荣誉	芙蕾雅
ᚹ	喜悦	悟究 (WUNJO)	W	幸福、成果、 家庭和谐	-
ᚺ	雹	哈格尔 (HAGALL)	H	变革、崩溃、灾祸	-
ᚾ	必要	尼德 (NIED)	N	必要的学问、困苦、 先下手为强	雷神之锤
I	冰	意沙 (ISA)	I	停止、静寂、 等待时机的力量	巨人族
ᛃ	收获	杰拉 (JERA)	J	一年的收获、 丰收、恩赐	地神
ᛇ	紫杉	爱瓦兹 (EIHWAZ)	Y	死亡、新生、 防御、强韧的身心	树神
ᛈ	骰子	佩索 (PERDHRO)	P	挑战、选择、开朗	-
ᛉ	鹿	欧尔 (EOLH)	Z	守护、察觉危险、 同伴	-
ᛋ	太阳	希葛 (SIGEL)	S	光芒、健康、 实现梦想	巴德尔
↑	提尔神	提尔 (TIR)	T	胜利、正义、 化不可能为可能	提尔
ᛒ	白桦	波洛卡 (BEORC)	B	崭新的开始、 繁茂、母性	弗丽嘉
M	马	耶瓦兹 (EHWAZ)	E	命中出现贵人、 进步神速	骏马斯莱布尼尔

ᛗ	人类	美纳兹 (MANNAZ)	M	宿命、内在的自我	人类
ᛚ	水	拉格司 (LAGAZ)	L	丰饶、净化、出航	水神
◇	英古神	英古 (ING)	Ng	受孕、性魅力、 本能之力	英古神 (弗雷早期的名字)
ᛞ	一日	戴格 (DAGE)	D	一日的守护、 旭日升起、希望	-
ᛟ	世袭财产	欧索 (OTHEL)	O	不动产、继承、祖先	-

符文字母系统对照表

A	ᚠ	F	ᚡ	L	ᛚ	Q	/	V	/
B	ᛒ	G	ᚷ	M	ᛗ	R	ᚱ	W	ᚹ
C/K	ᚲ	H	ᚺ	N	ᚾ	S	ᛊ	X	/
D	ᛞ	I	ᛁ	O	ᛟ	T	ᛏ	Y	ᛇ
E	ᛖ	J	ᛃ	P	ᛈ	U	ᚢ	Z	ᛉ

加尔多符文
以独特的旋律高声吟唱的符文组合

✷ 北欧人也会使用蕴含魔力的"护身符"

把多个符文进行组合，使咒语特性化之后的产物就是加尔多符文，又被称作符文之语。"加尔多"（galdr）一词的词源是"加拉"（gala），具有"喊叫、创造时机、高声吟唱"的意思。据说，只要写下蕴含魔力的符文组合就能发挥效用；将咒语吟唱出来，能提升其效果。吟唱的时候是有诀窍的，要根据独有的"加尔多韵律"来尖着嗓子唱。索尔与巨人芬葛尼尔战斗之后，额头被刺入一块打火石。巫女古洛亚一边唱着咒歌，一边帮索尔拔石头。另外，海尔吉的第三世，化身为天鹅的瓦尔基里唱着咒歌麻痹敌人，来保护他。最擅长加尔多符文魔法的自然是奥丁了。他精通符文的运用方法，有咒歌之父、咒歌工匠的别称。接下来，就让我们来认识一下常见的加尔多符文吧。

加尔多符文原本是华纳神族的专有魔法。华纳众神在与阿萨神族交战的时候高唱战斗之歌，赢得了胜利。双方进行人质交换，达成和解之后，华纳神族就把它传授给了奥丁。据说，弥米尔的头也是在此之后开始用咒歌来传授智慧的。

🪝加尔多符文的图形

　　所谓"加尔多符文"，指的是把符文组合起来，将各文字所蕴含的魔力图腾化之后的产物。据说，使用的时候不可以被对方知晓。虽然神话中大多以咒歌的形式吟唱出来，但只要将相应的图形刻画出来就有效果了。

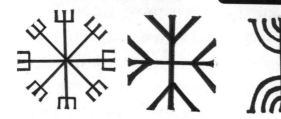

希望成就恋爱，增强力量的时候使用的符文

希望避邪、顺产、鼓起勇气、抵御他人怒火的时候使用的符文

🪝加尔多符文的使用方法

　　1. 选择与自身目的最匹配的加尔多符文。

　　2. 用血液或其他体液在自己身上刻画加尔多符文。要是不想被别人看见，就使用唾液吧。

　　3. 一边吟唱下面的咒语（祈愿之事），一边在心里想象出施法对象的样貌，同时明确自己的目的。接着完成以下三个步骤的话，就能解除加尔多的封印，魔法就会启动。

> 符文啊，请赐予我力量吧
>
> 符文啊，请赐予敌人毁灭吧
>
> 符文啊，请将（　　）交予我手吧

※（　　）中为自己的愿望

塞兹咒术

流行于北欧的咒术和诅咒之语

✳ 与高潮同在，众神所使用的咒术

塞兹咒术原本是流传于华纳神族中的魔法。女神芙蕾雅就是使用塞兹咒术的行家，后来她把咒术传授给了奥丁。魔女古尔薇格曾经施展魔法，令阿萨神族的女神堕落，从而引发了阿萨神族和华纳神族之间的战争。她当时使用的就是塞兹咒术。据说，塞兹咒术大多由女性来完成，巫女施法后会陷入无我状态，灵魂出窍，到处旅行，直到目的达成再返回肉体。据说在此过程中，会借助大自然中精灵的力量。塞兹咒术又分为两种，谓之"塞兹黑魔法"和"塞兹白魔法"。前者多用来诅咒破坏，后者则用来占卜未来。施展塞兹咒术的时候，需要用到一整套魔法道具，对施法者的熟练度有着很高的要求，因此也被认为是一种职业。施法者被称作"瓦拉"和"渥尔娃"，跟萨满十分相像，名字具有"持杖之女"的意思。魔杖是巫女力量的象征，可以归入魔法道具里面，同样也是灵魂出游之时的必需品。瓦拉戴着皮质头巾，坐在塞兹灵台上施法。因为施法的时候需要与灵界进行交流，所

奥丁的两只乌鸦说不定象征着他的灵魂到处旅行，可以认为是奥丁的"思考（胡基）"和"记忆（穆宁）"到全世界去搜集情报。

蛊惑人心的魔女古尔薇格

　　有人说魔女古尔薇格和女神芙蕾雅是同一个人。古尔薇格的别名是"海姿"（Heizr），意思是闪闪发光之人，这个名字经常被魔法师和魔女使用。据说就是因为她施展了塞兹咒术，让阿萨神族的女孩子体验淫靡的快感，致使人心堕落，才导致了阿萨神族和华纳神族之间的战争。阿萨神族三度将她丢进烈火之中焚烧，可是她三度复活。有人说，这与矿石冶炼黄金的过程如出一辙，魔女古尔薇格其实就是黄金使人堕落的象征。在这一点上，她与为了得到黄金项链布里希加曼而与四个矮人上床的芙蕾雅有着共通之处。

　　以要戴上头巾以隔绝外界，坐在灵台上以孤立自身，好把注意力全部集中在咒术的施展上。

　　塞兹咒术的特点在于，施法时会伴有强烈的性快感。巫女独坐台中，边上围了一圈助手。然后，巫女进入忘我的境地，放声高歌。据说，看到她这个样子，周围人不由得会感受到性快感如潮水一般自体内不断涌出。而男性施展塞兹咒术，施法者就会充当起同性恋中的女方角色，遭人耻笑。所以，身为男性的奥丁在施法的时候很是羞耻，被洛基嘲笑为"娘娘腔的家伙"。

魔法道具
北欧神话中登场的各种武器、饰品

✸ 由矮人制作的种种宝物

这里介绍的魔法武器和饰品大多是由矮人制作的。矮人拥有高超的锻造冶炼技术，善于打造蕴含魔力的道具和首饰。众神知道后，经常强迫他们为自己制作宝物。奥丁的神枪昆古尼尔、雷神之锤姆乔尔尼尔，这些堪称众神代表的武器和道具皆出自他们之手。下面就介绍一下其中的一个小故事吧。

事情起源于洛基，他把索尔的妻子西芙引以为傲的金发剪了个精光。索尔大怒，要他把西芙的头发恢复原样。于是，洛基前往矮人的洞窟，委托伊瓦第的儿子制作假发。兄弟两人不一会儿就做好了假发，还打造了一把扔出去之后必定打倒敌人的长枪昆古尼尔，以及一艘任何时候都能顺风航行的魔法船斯基布拉尼尔。

洛基得到三样宝物后大喜过望，神气十足地来到另一对矮人兄弟布罗克与辛德里的工房，挑衅道："要是你们做出的宝物比我手上的还要好，我就把我的头给你们。"听到洛基这么说，兄弟俩立刻动手制作起来。他们打造了一只黄金野猪、一只名叫德罗普尼尔的黄金手镯，以及一把神锤姆乔尔尼尔。在他们制作的过程中，洛基想到要是他们完工自己的头就保不住了，于是就变成一只牛虻，在布罗克的手上刺了一下，妨碍他工作。据说就是因为他这么一刺，姆乔尔尼尔的锤柄才短了一截，成了瑕疵品。宝物完成之后，兄弟俩要洛基把头交出来，可是洛基却要无赖："要头可以，不过你们不能划伤我的脖子。"矮人兄弟想了想，觉得实在是做不到，只好作罢。就这样，洛基没有付一分钱，就搞到了六件神奇的宝物。

除此之外，还有女神芙蕾雅的项链布里希加曼、为人类降下诅咒的安德瓦利之戒等，矮人制作的宝物在神话中频频出现，对故事的发展起到了穿针引线的作用。当然，除了矮人的宝物之外，神话中还有好多其他趣味横生的物件。接下来就为大家介绍一下为众神带来胜利的武器、豪华的饰品、蕴含魔力的道具及那些动物小帮手。

北欧神话中登场的武器

弗雷的宝剑
种 类 剑
持有者 弗雷→斯基尔

能让任何人成为"高手"的魔法剑

这是一把能够自动杀敌的细剑，对付巨人尤其有效。弗雷为了自己的恋情，把它交给了自己的仆从斯基尔。传说，宝剑后来不知怎么落到了巨人苏尔特尔手中。

昆古尼尔
种 类 枪
持有者 奥丁

刺穿一切的神枪！

这是一把扔出去必定命中目标的投枪，同样也是奥丁的象征。枪尖刻有符文。奥丁把它扔进了敌阵，阿萨神族和华纳神族的战争就此打响。神枪由矮人制作。

提尔的魔剑
种 类 剑
持有者 提尔

引领胜利的魔剑

这是一把提尔片刻不离身的剑，剑本身没有名字。剑刃上刻有具有"提尔"之意的符文"↑"，以及一串咒语。神话中有"呼喊两次提尔的名字"这个祈愿胜利的魔法。维京人在战斗中会刻上符文来祈愿胜利。现实中还出土过刻有"↑"的石碑。

姆乔尔尼尔
种 类 锤
持有者 索尔

一击必杀！巨人的克星

这是一把扔出去必定命中目标、破敌后会飞回物主手中的锤子。不用的时候能缩小塞进口袋，可惜锤柄短了一些。它不仅能用于战斗，在婚礼上还能净化新婚夫妇，给他们带来幸福。另外，它还能复活死去的动物，是众神对抗巨人最强的武器。

北欧神话
小知识

有关神锤姆乔尔尼尔的净化和守护之力，在符文石碑上也有记载。瑞典和丹麦都出土过刻有"索尔啊，请净化这块碑吧"的石碑。据说，它们是在索尔的庇护之下建造的。

弗洛提
种类 剑
持有者 法夫纳→齐格鲁德

巨龙的魔法剑

这是化身为巨龙的法夫纳所持有的宝物之一。后来齐格鲁德屠龙之后，把它当作战利品带走了。据说，此剑和法夫纳头上戴的埃吉尔之盔一样，蕴含着强大的魔力。

火焰之剑
种类 剑
持有者 苏尔特尔

毁灭世界的炼狱之剑

别名为"毁灭之枝"。相传，它在开天辟地之前就存在了，是一把燃烧着熊熊大火的剑。将它举起的话，火花就会到处飞溅，将周围一切烧得干干净净。末日之战——诸神的黄昏中，将世界化作火海的就是这把剑。

戴因斯列夫
种类 剑
持有者 丹麦国王霍格尼

让敌人负伤无法痊愈的因缘之剑

被这把剑砍伤的话，伤口永远无法愈合，起源于芙蕾雅答应奥丁"让人类的国王发生争斗吧"一事。诅咒不停地延续下去，后来霍格尼国王得到了这把魔剑，与自己的朋友——另一个国王——长年交战不休。

雷沃汀
种类 剑
持有者 辛玛拉

苏尔特尔妻子管理的宝剑

别名为"伤人的魔杖"。平时由穆斯贝尔海姆的巨人苏尔特尔的妻子负责管理，被放置在一个挂有九把锁、名叫雷加仑的箱子之中。也有人说，它就是苏尔特尔手中的"火焰之剑"。

提尔锋
种类 剑
持有者 斯瓦弗尔拉梅王

引起"连锁死亡"的诅咒魔剑

据说，持有者是身为奥丁后代的一位国王。剑上附有"实现三个愿望之后，持有者就会死亡"的诅咒。这把剑永远不会生锈，极其锋利，能轻松斩断铁器。据说，此剑出鞘一次就会死一个人。

格拉墨
种类 剑
持有者 齐格鲁德

屠龙魔剑

这是一把以锋利著称的剑。齐格鲁德就是用它刺进了法夫纳的心脏。原本是奥丁交给齐格蒙德的剑，折断后由齐格鲁德的养父雷金重铸，打造成了一把天下无敌的魔剑。

北欧神话中登场的饰品

鹫鹰羽衣

种 类	羽衣
持有者	奥丁等人

让穿着者变成鹫鹰的魔法羽衣

只要将这件魔法羽衣穿在身上，随时随地都能变成鹫鹰。据说比女神所拥有的"鹰之羽衣"性能更佳，飞得更快。奥丁、巨人夏基、史登等人曾经使用过。

德罗普尼尔

种 类	手镯
持有者	奥丁→斯基尼尔

无限复制的魔法手镯

据说，每过九夜就会诞下另外八只一模一样的黄金手镯。由矮人制作而成。洛基把它交给了奥丁，后来在巴德尔火化的时候手镯被一同放了进去。之后，落到了斯基尼尔手中。

天鹅羽衣

种 类	羽衣
持有者	瓦尔基里

让穿着者变成天鹅的魔法羽衣

穿在身上就能让人变成天鹅的羽衣。瓦尔基里穿上它，以天鹅的姿态在战场上空飞翔。一旦失去羽衣，她们就没法工作。人类铁匠韦兰和他的两个兄弟就曾夺走瓦尔基里的羽衣，把她们带回家做自己的妻子。这个故事出现在《埃达》的"韦兰之歌"中。

布里希加曼

种 类	项链
持有者	芙蕾雅

散播灾厄、蛊惑人心的项链

这是一件由黄金打造的美丽项链，是芙蕾雅的代名词。芙蕾雅陪四个矮人各睡了一晚之后，将它收入囊中。奥丁曾让洛基去偷这条项链，洛基也曾与海姆达尔为这条项链发生过争执，围绕它滋生了各种各样的事端。它还给人类带去了灾难，所以又被称作"受诅咒的项链"。由阿尔弗利克、杜华林、贝尔林与格尔四个矮人打造。

埃吉尔之盔

种　类 头盔
持有者 法夫纳→齐格鲁德

蕴含魔力的巨龙之盔

别名为"恐惧之盔"，拥有使人恐惧的力量。化作巨龙的法夫纳，为了看守黄金把它戴在头上，法夫纳死后头盔成了齐格鲁德的战利品。据说，法夫纳就是戴上了这顶头盔才变成了巨龙。

鹰之羽衣

种　类 羽衣
持有者 芙蕾雅、弗丽嘉等人

让穿着者变成老鹰的魔法羽衣

穿在身上就能变成老鹰的羽衣。女神自己并不怎么用，大都借给了男性神祇。洛基为了从巨人夏基手中夺回伊登和"青春苹果"，就曾向芙蕾雅借用过。

黄金假发

种　类 假发
持有者 西芙

洛基赔给西芙的假发

戴上的话，就会像真的头发一样吸附在头皮上，长出一头美丽的金发。洛基为了弥补自己把索尔的妻子西芙剃成光头的错误，委托矮人制作而成。

安德华拉诺特

种　类 戒指
持有者 安德瓦利→人类

引发一连串"灾厄"的诅咒之戒

能够生产黄金的戒指。它原本属于一个名叫安德瓦利的矮人，后来连同所有的黄金一起被洛基夺走。安德瓦利对它下了"持有者将遭受毁灭的命运，会导致两个兄弟死亡，为八个国王埋下不合的种子"的诅咒。这枚戒指作为洛基杀死欧特的赔偿金，交到了欧特父亲赫瑞德玛手上。后来诅咒应验了，赫瑞德玛一家及英雄齐格鲁德遭受了灾厄。另外，也有这枚戒指其实是手镯的说法。

翼之羽衣

种　类 羽衣
持有者 韦兰

用来逃跑的飞行工具

人类铁匠韦兰用鸟类的翅膀制成的羽衣。穿上它，拍拍翅膀就能飞起来。韦兰穿上它，逃离了囚禁自己的小岛。

北欧神话中登场的魔法道具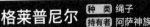

格莱普尼尔
种　类 绳子
持有者 阿萨神族

捕捉芬里尔用的绳子

这是一条用来捕捉芬里尔的魔法绳。众神两次抓捕芬里尔失败之后，让铎克爱尔芙用猫的脚步声、女子的胡须、大山的根、熊的肌腱、鱼的呼息、鸟的唾液等这些世间不存在的东西制作而成。

奥丁王座
种　类 椅子
持有者 奥丁

可以俯视全世界的王座

这是一张神奇的椅子，坐在上面可以看到世界上任何角落发生的任何事情。不光是阿斯加德，就连米德加尔特和约顿海姆也是一览无遗。原本只有奥丁和弗丽嘉才有资格坐，可是弗雷趁奥丁不在坐上去过。

诗蜜酒
种　类 酒
持有者 史登→奥丁

可以赋予人们作诗才能的魔法蜜酒

据说，只要喝一口这种酒，就能获得作诗的才能。交战的阿萨神族和华纳神族为了表示和解，将各自的唾液混在一起，从中诞生了贤者库巴希尔。矮人杀死贤者库巴希尔后，把他的血和糖蜜混在一起，制作成了蜜酒；蜜酒辗转多次之后，落到巨人史登手中。奥丁得知消息后，想办法把它搞到了手。他不仅自己喝，还把酒分发给了众神和喜欢诗歌的人类。据说，这才使得魔法和预言诗得以流传至今。

弥米尔的头
种　类 头部
持有者 奥丁

传授知识的智慧之头

这是一颗知识渊博、传授他人智慧的头。它深思熟虑，用词准确，对世界上发生的一切事件进行预言和记录。弥米尔原本是个巨人，算是奥丁的伯父，他在阿萨神族和华纳神族交战期间以人质的身份被送去了对方的国度，结果头被砍下来并送了回来。奥丁用药草和咒歌对它进行处理之后，重生为一颗述说真实的智慧之头。同时，它还是位于宇宙树伊格德拉西尔树根处的"弥米尔之泉"的看守。由于它每天都喝里面的泉水，所以它的智慧永远不会枯竭。

澜的渔网

种 类 渔网
持有者 澜

拖曳海上遇难者的渔网

把海上遇难者拖入海中的渔网。海神埃吉尔的妻子澜靠它来捞取财宝。洛基曾借来捕捉一个名叫安德瓦利的矮人。

斯基布拉尼尔

种 类 船
持有者 弗雷

折叠式魔法船

这是一艘任何时候都能顺风航行、自由驰骋于陆地和天空的魔法船。它能容纳所有的神祇，折起来又能放进口袋。由洛基让矮人制作而成。

古洛提

种 类 石臼
持有者 弗罗德→缪金

心想事成的石臼

这是一个能实现劳动者愿望的石臼。可是它太重了，人类根本推不动。于是，丹麦国王弗罗德就从奴隶市场买来一对巨人姐妹，并在许下得到黄金、国家能够和平的愿望之后，让她们两个帮着推。他的愿望果真实现了。不过，也正因为石臼能实现任何愿望，持有者的欲望才会不断膨胀，最后走上毁灭之路。它的第二任主人是海盗王缪金。缪金希望石臼能变出盐来，盐真的源源不断地冒了出来，压沉了船，石臼也掉入了海中。从此，海水就是咸的了。

青春苹果

种 类 苹果
持有者 伊登

令众神永葆青春的苹果

这是一种蕴含魔力的苹果，阿萨众神吃了之后能够永葆青春，伊登将它放在桪木箱中严加保管。众神要是停止食用，就会迅速老化，脸上会长出皱纹，背也会驼。所以，众神十分害怕失去苹果。

洛基的渔网

种 类 渔网
持有者 洛基

招致自身毁灭的渔网

洛基用计杀死巴德尔之后，在逃跑过程中用麻线织起了渔网，然后又把它扔进了火里。具有讽刺意味的是，众神发现渔网的灰烬之后，如法炮制了一张渔网，捉住了洛基。

大雕（头上停着一只老鹰）

| 种 类 | 大雕 |
| 持有者 | 宇宙树 |

栖息在伊格德拉西尔树冠上的大雕

这是一只停在伊格德拉西尔最高处的大雕，它的头上还停着一只老鹰。大雕只要扇扇翅膀，树下就会刮风。末日之战——诸神的黄昏中，也有一只名叫赫拉斯瓦尔格尔的大雕，它一边尖声嘶鸣，一边撕扯死尸。不知道这两只大雕是不是同一只。它与树根处的飞龙尼德霍格关系恶劣。

拉塔托斯克

| 种 类 | 松鼠 |
| 持有者 | 宇宙树 |

帮助吵架的传声筒

这是一只栖息在伊格德拉西尔上的松鼠。它上蹿下跳，很是忙碌，为树冠处的大雕和树根处的飞龙尼德霍格互相传递侮辱性的话语，并且常常添油加醋，煽风点火。

达因和特瓦林等

| 种 类 | 鹿 |
| 持有者 | 宇宙树 |

栖息在伊格德拉西尔上的鹿

这四头鹿专门啃食伊格德拉西尔新长出来的嫩芽。名字由来的话，只知道"达因"有死亡之意，"特瓦林"有蹒跚之人的意思，杜涅尔和杜拉索尔则不明。

兀尔德之泉中的鸟

| 种 类 | 天鹅 |
| 持有者 | 宇宙树 |

天鹅的祖先

阿斯加德的兀尔德之泉中栖息着两只鸟。众神称它们为"天鹅"。据说，从此以后世界上就有了一种名叫天鹅的鸟。

尼德霍格

| 种 类 | 龙 |
| 持有者 | 宇宙树 |

啃咬伊格德拉西尔树根的龙

栖息在冰霜之国尼福尔海姆的赫瓦格密尔之泉中的飞龙。以漂浮在泉中的罪人尸体为食。与树冠处的大雕关系恶劣。

末日之战——诸神的黄昏

末日之战是如何爆发的，世界又是如何重生的

什么是诸神的黄昏
众神和巨人之间的大战引发了世界末日

✸ 贯穿北欧神话的"毁灭的美学"

"Ragnarok"一词，在古诺尔斯语中是"诸神的黄昏、诸神的命运"的意思，指的是一场导致世界毁灭的末日之战。在这场旷世大战中，神族和巨人族纷纷赌上各自的命运，进行了一场生死大战。战斗无比惨烈，主要的神祇尽数阵亡，神话也以悲剧收场。据说，这个结局是北日耳曼民族与北欧严酷的自然环境斗争历史的体现。在大战前，众神早就通过各种前兆和预言知晓了这一结局，知道自己终究难逃一死。即便如此，他们还是坦然接受了自己的命运，积极备战"诸神的黄昏"。众神那凛然面对残酷未来的身姿，正是"毁灭的美学"的体现。另一方面，人类世界中不时又有父子相残、兄妹乱伦、战争等事端发生，天变地异，整个世界渐渐陷入混乱和疯狂之中，最后终于点燃了末日之战的导火索。随着战斗的白热化，世界就此毁灭。庆幸的是，众神中还是有幸存者的，人类也得以幸存、繁衍。接下来，就让我们通过两本《埃达》来了解一下"诸神的黄昏"的前兆、爆发、世界毁灭和复苏的整个过程吧。

书写《埃达》和"萨迦"用的是古诺尔斯语。古诺尔斯语的前身则是卢恩语，11世纪左右分成了西诺尔斯语和东诺尔斯语。古冰岛语属于西诺尔斯语。

从“诸神的黄昏”的爆发到世界毁灭

奥丁暗中活动

奥丁为了备战步步紧逼的末日之战——诸神的黄昏，命令瓦尔基里前往战场收集战死者，将其以恩赫里亚的身份迎入自己的英灵殿瓦尔哈拉之中。

巴德尔之死

光明神巴德尔惨遭毒手，众神心中被不祥的阴云所笼罩。愤怒的众神抓住洛基，将他绑了起来，用毒蛇加以拷问。

天变地异

世界经历了三个漫长的严冬，整个被冰雪所覆盖。巨狼吞噬了太阳，世界陷入黑暗之中。地震频发，大地崩裂。

诸神的黄昏

暗无天日的世界中，人类被自身欲望所吞噬，肆意发动战争。世间的所有枷锁一并断裂，巨狼芬里尔和洛基从束缚中得到了解放。

众神 VS 巨人

巨人联合军攻入阿斯加德。彩虹桥的看守海姆达尔吹响了加拉尔号角，众神在维格利德原野集合，与巨人进行了大决战。

世界毁灭

众神在战斗中败北。巨人苏尔特尔将火焰之剑扔进维格利德原野，大地被火焰燃烧殆尽，沉入海底。

新的世界

大地再次浮出海面。幸存的神祇在吉姆列宫殿住了下来。躲在宇宙树伊格德拉西尔树洞中的男女成为新人类的祖先。

末日之战——
诸神的黄昏的前兆
陷入混乱的世界与光明神巴德尔之死

❋ 奥丁的不安导致了阿斯加德的混乱……

末日之战——诸神的黄昏正一步步逼近，众神中敏锐地察觉到了这一点的正是奥丁。虽然奥丁被冠以"至高神"之名，一直为众神和人类指明前进的方向，但依然难以平息心中日益增长的不安。为了备战"诸神的黄昏"，他让瓦尔基里前往战场收集人类战死者，将其以恩赫里亚的身份迎入英灵殿瓦尔哈拉，以葡萄酒款待他们，好让他们为自己效劳。

不仅如此，奥丁还外出旅行，招募自己中意的指挥官和年轻人。但他的行为经常扰乱世界的秩序。他挑起血气方刚的年轻人心中的欲望，教给他们战斗的诀窍，赐予他们不败的武器，让他们为了争夺领土和名誉互相争斗。奥丁的很多别称都是在这个过程中获得的，大多与战斗有关，譬如"战斗的喜悦""战死者之父""引领胜利者"等。有时，他会戴着长舌帽，披上斗篷，拄着拐杖低调现身；有时，也会骑着爱马斯莱布尼尔华丽登场。

⚓ 巴德尔死后奥丁的各种活动

奥丁

为了备战末日之战所采取的行动

● **前往人类的国度米德加尔特召集恩赫里亚**

为了备战"诸神的黄昏"，奥丁不断扩充自己的战士队伍。为此，人类英雄齐格蒙德和齐格鲁德等人的人生被他搅得一塌糊涂。

● **为了报巴德尔的仇生下了瓦利**

奥丁为了报巴德尔的仇，与巨人女孩琳德生下了瓦利。瓦利出生一天后，就能下床战斗了，他在葬送仇敌之前不会洗手，也不会梳头。

● **与巨人瓦夫苏鲁特尼尔比拼智慧**

奥丁前去拜访最博识的巨人瓦夫苏鲁特尼尔，与其进行了十八轮问答。随着问答的行进，内容也越来越深奥，最后甚至涉及了预言。

● **盗取诗蜜酒**

奥丁得知有一种能够授予作诗才能的蜜酒，便利用巨人史登的弟弟包基，欺骗了史登的女儿耿雷姿，将蜜酒搞到了手。

　　一旦奥丁现身，就说明近期要发生什么了不得的大事了，亦或是战场上就要出现新的勇者了。虽然奥丁本意是为了避免毁灭的命运，才到处忙活的，但是他的行为反而令世界陷入混乱，加速了末日之战——诸神的黄昏的到来。

　　后来，发生了一件大事，令众神在毁灭的道路上前进了一大步——众神的宠儿、奥丁之子巴德尔遭到了杀害。洛基在嫉妒心的驱使下，诱骗巴德尔的弟弟霍德尔扔出了槲寄生制成的箭，巴德尔被箭矢刺穿身躯，倒地身亡。为了拯救掉入死亡之国海姆冥界的巴德尔，奥丁之子赫尔莫德前往冥界拜访了冥界女王海拉。海拉说道：

"如果世间万物，所有生者，所有亡者，都为他的死而感到悲伤，为他哭泣，你就把他带回阿斯加德吧。可要是有人拒绝为他哭泣，巴德尔就要留在我的身边。"

赫尔莫德闻言立刻返回阿斯加德，向奥丁报告了此事。于是，阿萨众神纷纷将自己的仆从派往世界各地，让他们请求万物"为巴德尔哭泣"。顿时，整个世界哭声四起，人类、动物、大地、石头、树木、金属，无不为巴德尔放声大哭。

可是，有一个名叫索克的女巨人却拒绝为巴德尔哭泣，说道：

"我的眼泪早已干涸。况且无论是生前还是死后，就算我为奥丁儿子的死亡感到悲伤，也得不到任何好处。海拉啊，你万万不可放弃到手之物。"

其实，这个女巨人是洛基变的。

未能达成海拉的要求，巴德尔只好留在冥界。自此，奥丁失去了儿子，众神和人类再也看不到巴德尔俊美的容颜了。洛基不仅害死了巴德尔，还阻止他复活。众神愤怒无比，气血上涌，发誓要找他报仇。

🗡 洛基杀害巴德尔和阻止他复活的经过

● 巴德尔遇害始末

女神弗丽嘉得知巴德尔死亡的预言

弗丽嘉得知巴德尔死亡的预言之后，跑遍了全世界，请求世间万物不要伤害巴德尔。当她看到槲寄生小树的时候，想当然地认为它没有危害，也就没有搭理它。

巴德尔获得了不死之身

任何东西都无法伤害巴德尔。众神怀着玩乐的心情，将各种各样的东西往他身上扔，果然伤不了巴德尔分毫。

洛基在嫉妒心的驱使下计划谋害巴德尔

洛基接近巴德尔的弟弟盲眼之神霍德尔，让他朝巴德尔扔出槲寄生制成的箭矢。箭矢刺穿了巴德尔的身躯。

巴德尔之死

● 巴德尔滞留冥界的始末

向冥界女王海拉派出使者

弗丽嘉悲伤之余，让奥丁之子赫尔莫德前往冥界拜访海拉，请求她放回巴德尔。

洛基阻止巴德尔复活

海拉要求"世间万物都为巴德尔哭泣"才能将他放回。于是，众神在全世界来回奔走，四处打点，可是洛基变的女巨人索克拒绝为巴德尔落泪，巴德尔也就没能成功复活。

巴德尔复活失败

抓捕洛基与天变地异

众神在仇恨的驱使下囚禁了洛基, 直到末日来临

 太阳和月亮被巨狼吞噬, 世界沉浸在混乱之中

洛基干尽坏事之后, 变成一条鲑鱼躲进了山洞。但索尔看穿了他的把戏, 一把揪住鱼尾, 将他拖了出来, 成功将他捕获。之后, 众神撕开洛基之子纳尔弗的肚子, 把他的肠子掏出来, 用它将洛基绑在了岩石上。捆住洛基之后, 肠子变成了铁链。女巨人斯卡娣又将一条毒蛇系在洛基的头上, 使毒液不断滴落到他的脸上。洛基的妻子西格恩为了减少丈夫的痛苦, 拿来一只桶子接滴下的毒液。可是, 每当毒液盛满、西格恩拿去倒掉的间隙, 毒液就无遮无挡地直接滴在了洛基的脸上。每到这个时候, 洛基都会痛苦地挣扎, 令大地为之震颤。而大地的震颤, 又让众神和人类惊恐不已。阿萨众神虽然向洛基完成了复仇, 但奥丁的不安终究成为现实, 这件事成了末日之战爆发的导火索。

毁灭的脚步渐渐逼近, 首先是名为芬布尔的寒冬降临大地。

洛基被捕后有个十分残酷的场景。众神将洛基的儿子之一瓦利变成了狼, 让它撕开弟弟纳尔弗的肚子, 又从纳尔弗的肚子中取出肠子, 将洛基绑了起来。至于变成狼的瓦利之后的行踪就不得而知了。

阿萨众神，终于将洛基抓捕归案！

洛基害死巴德尔后，忌惮众神的怒火，逃出阿斯加德，来到深山老林中，在一个视野开阔的地方造了间小屋住了下来。白天，他都保持鲑鱼的形态，藏身于河川之中，想着"我躲在河里的话，众神一定是找不到的"。可是他闲得发慌，用麻线织起了网。织到一半的时候，发现众神直逼而来，赶紧把网往火里一扔，变成鲑鱼潜到了河底。众神从网的灰烬中得到启发，也编织了一张大网，朝河中撒了过去。洛基猛地一跃想要跳出去，可是索尔眼疾手快，一把将他抓住。据说，就是索尔这么一抓，如今鲑鱼的尾巴才会那么细。

冷风呼呼地吹着，大雪纷纷扬扬地下着，整个世界被冰霜覆盖。凛冽的寒冬持续了三年，其间夏天一次都没有来过。奥丁领悟到世界末日终于来临了。他心中的不安和疑虑传染到了人类的国度，人们在欲望的驱使下，父子相残，手足反目。大雕一边嘶鸣一边用它那苍白的喙啄食尸体。

全世界变成了一个巨大的战场，人世间呈现出一片血泪交织的混乱景象。而后，更为恐怖的事情发生了——太阳消失了。长久以来，一直追着太阳跑的巨狼终于将太阳一口吞下，另一只巨狼则抓住了月亮。星星接二连三从天空坠落下来。失去了太阳车夫苏尔和月亮车夫玛尼之后，世界陷入黑暗之中。

巨狼追逐日月。约翰·C.多尔曼绘。

诸神的黄昏爆发

震怒的巨人们以雷霆万钧之势攻入众神的世界

✹ 末日之战——诸神的黄昏令世界为之震颤

前所未有的天变地异接连发生，世上的一切枷锁就此彻底迸裂。

洛基和巨狼芬里尔从束缚中解脱出来，怀着对众神的憎恨，往阿斯加德方向而去。

海上的波涛一浪高过一浪，翻滚着往陆地侵袭而来。那是因为，环绕世界的大蛇约尔孟甘德怒不可遏、气势汹汹地自海底而来，想要登陆地面。

世界极东之处，一艘由死者的指甲打造的战船纳吉尔法自暗潮汹涌的海底浮了上来。掌舵的正是复仇之火熊熊燃烧的洛基。

巨狼芬里尔张着血盆大口从远方疾驰而来。它的上颚顶着天，下颚贴着地，仿佛要吞尽世间万物一般。它的眼睛赤红一片，鼻子里呼呼地喷着火焰。

据说，英灵殿瓦尔哈拉有540个大门，每个门宽可容800位战士并排进出。宫殿的四壁是由擦得极亮的矛所排成，所以光明耀眼。宫的顶是金盾铺成。宫内的座椅上皆覆以精美的铠甲。瓦尔哈拉的勇士便是奥丁为了对抗末日之战而组建的后备军。

⚓ 巨人联合军进攻阿斯加德的路线图

约尔孟甘德

盘踞海中的约尔孟甘德往陆地匍匐蔓延而来。

阿斯加德

指挥官：洛基

开着一艘由死者的指甲打造而成的战船纳吉尔法，载着巨人军团从海路攻来。

芬里尔

从束缚中获得解放的芬里尔一边喷着火一边前进。

指挥官：苏尔特尔

手持火焰之剑，骑着战马，率领着穆斯贝尔从南方攻来。

约顿海姆的巨人族和穆斯贝尔海姆的穆斯贝尔（巨人）大军压境，踩塌着彩虹桥比弗罗斯特，攻入维格利德原野。

巨狼芬里尔在前面跑着，它的弟弟大蛇约尔孟甘德在后面跟着，不时地甩头往天空和海洋喷吐毒液。

与此同时，居住在火焰之国穆斯贝尔海姆的穆斯贝尔也骑着战马赶来助阵了。他们的身体强壮而厚实，对火焰有着极高的抗性。统率全军的，便是穆斯贝尔海姆的国王炎之巨人苏尔特尔。他手中握着一把名为"毁灭之枝"的火焰之剑，散发出的光芒比阳光和众神的剑更为耀眼。苏尔特尔高高举起这把剑，一边散着火花，一边指挥着穆斯贝尔往阿斯加德进发。

他们的进军有着天崩地裂、雷霆万钧之势。行进过程中，不断有巨人从四面八方会合而来，蜂拥至连接阿斯加德和人类的国度米德加尔特的彩虹桥比弗罗斯特。在巨人们通过之后，彩虹桥终于不堪负重，轰然崩塌。

✺ 众神和巨人们集结于维格利德原野

巨人族大举攻入阿斯加德，挺进维格利德原野。

巨狼芬里尔和大蛇约尔孟甘德同时赶到，战船纳吉尔法成功靠岸，巨人弗里姆也率领着霜巨人军团抵达了战场。

洛基除了巨人大军之外，后面还跟着冥界女王海拉交给他的亡灵大军。炎之巨人苏尔特尔则指挥穆斯贝尔们组成独特的阵形前往。以他手中的火焰之剑为首，整个队伍散发出一片炫目的火光。方圆约 500 英里的维格利德原野上，遍地都是始祖巨人伊米尔的子孙。

奥丁匆忙赶赴弥米尔之泉，想听听弥米尔的建议。可对方只是说毁灭之刻将近，已经无计可施。

彩虹桥的看守海姆达尔从宇宙树伊格德拉西尔的根部取来了加拉尔号角，然后挺立于阿斯加德的大地之上，鼓足力气把它吹响。

听到洪亮的号角声，阿斯加德内的神祇纷纷觉醒过来，做好战斗准备，往维格利德原野集结而去。

战船纳吉尔法的建造材料是死者的指甲。据说人死的时候不可以把指甲伸出去。虽然众神和人类一心想延缓战船的打造进程，可是无意中却为对方提供了造船材料。

⚓ 众神与巨人的对决

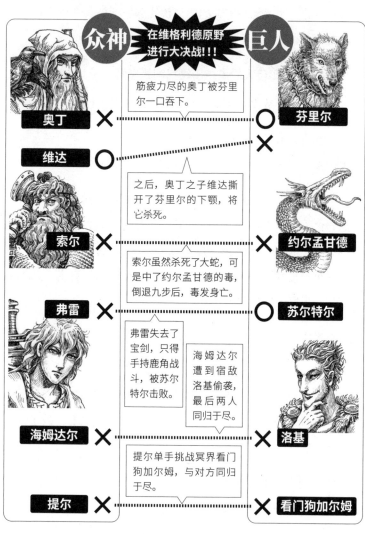

众神　在维格利德原野进行大决战!!!　**巨人**

奥丁 × ········· ○ 芬里尔

筋疲力尽的奥丁被芬里尔一口吞下。

维达 ○ ········· ×

之后，奥丁之子维达撕开了芬里尔的下颚，将它杀死。

索尔 × ········· × 约尔孟甘德

索尔虽然杀死了大蛇，可是中了约尔孟甘德的毒，倒退九步后，毒发身亡。

弗雷 × ········· ○ 苏尔特尔

弗雷失去了宝剑，只得手持鹿角战斗，被苏尔特尔击败。

海姆达尔遭到宿敌洛基偷袭，最后两人同归于尽。

海姆达尔 × ········· × 洛基

提尔单手挑战冥界看门狗加尔姆，与对方同归于尽。

提尔 × ········· × 看门狗加尔姆

○ 胜利
× 死亡　同归于尽

彩虹桥的看守海姆达尔吹响了号角，众神和巨人集结于维格利德原野，进行了无比惨烈的单挑。

众神与巨人的对决

双方的激战异常惨烈，天地为之动容

❋ 众神VS巨人，惨烈的群体单挑

阿萨神族与巨人族的战斗一触即发，宇宙树伊格德拉西尔也为之颤抖不已。

在末日之战到来之前，众神和人类都十分担忧，无比恐惧。可是当大战真正来临之际，大家反而豁出去了，不再害怕了。

阿萨众神与英灵战士恩赫里亚、女武神瓦尔基里一同披挂上阵，前往维格利德原野。

冲在最前面的自然是奥丁。他头戴黄金盔，身穿黄金甲，手持神枪昆古尼尔，骑着斯莱布尼尔一马当先，冲在队伍的最前端。

然后双方短兵相接，战斗就此打响！

奥丁的对手是巨狼芬里尔。而索尔虽然与奥丁并驾齐驱，可是却无法前去助阵，因为死对头大蛇约尔孟甘德挡在了他的面前。

北欧神话小知识　无论是阿萨神族与华纳神族的战争，还是末日之战——诸神的黄昏，都是奥丁将长枪昆古尼尔投入敌阵后开启的战端。古代北欧在打仗的时候，指挥官都喜欢把长枪往对方人堆里扔。

弗雷对上了炎之巨人苏尔特尔。先前他为了与葛德的恋情，把自己的剑交给了别人，现在只得手持鹿角迎战。经过一番激烈的厮杀后，弗雷不敌苏尔特尔，战死沙场。

提尔的对手是死亡之国海姆冥界的看门狗加尔姆。加尔姆极其凶狠，张开大嘴就咬了过来。提尔为了保护先前被巨狼芬里尔咬断的右手，只得单手迎战。战神提尔十分坚强，虽然喉咙被对方咬断了，依然拼命地抵抗，最后与对方同归于尽。

彩虹桥的看守海姆达尔遭到了洛基的偷袭，奋勇还击之后，与对方双双倒地。

奥丁手持长枪昆古尼尔与芬里尔大战了三百回合，终于打不动了，被对方一口吞下。之后，他的儿子维达一脚踏住芬里尔的下颚，一手撑起它的上颚，奋力撕开了它的嘴，完成了复仇。

索尔和大蛇约尔孟甘德的战斗始终胶着不下。最后，索尔一锤敲碎了大蛇的脑袋，眼看胜利在望，却吸进了大蛇喷出的毒液，后退九步之后，哐当一声倒在了地上，死亡。

至此，长期萦绕在奥丁心中的不祥预言终于应验了，阿萨众神几乎被巨人全灭。最后屹立于尸横遍野的战场之上的是巨人苏尔特尔，他把火焰之剑往维格利德原野一扔，世界顿时被火海所淹没。世间万物被燃烧殆尽，大地也沉入了海底。

奥丁大战芬里尔。多罗西·哈迪绘。

众神的再生与人类的复活

战后幸存的众神和人类

✴ 幸存的众神立于古老的土地上回忆过去的日子

天上地下，整个世界被烧了个精光。众神、战士和人类全部沉入了海底。整个宇宙被寂静笼罩，这样的寂静持续了很长一段时间。

有一天，海中扑哧扑哧地冒起了泡，紧接着大地哗哗地升了起来。这是一片美不胜收、郁郁葱葱的大地，没有人播种，却遍地都是成熟的谷物。

屹立于大地之上的，是奥丁的儿子维达和瓦利。

维达是奥丁被巨狼芬里尔吞下之后手刃仇人的勇士。瓦利则是奥丁为报巴德尔之仇生下的神祇。他们在世界末日的时候，没有被苏尔特尔的火焰所吞没。不一会儿，索尔的儿子摩帝和曼尼也出现了。摩帝手中还握着父亲的遗物雷神之锤姆乔尔尼尔。他们在阿斯加德的旧址艾达华尔原野上造了座新的宫殿，住了进去。

更为神奇的是，光明神巴德尔和他的弟弟霍德尔也从冥界返回了人间，当初向华纳神族送出的人质海尼尔也从华纳海姆返回了。

大地重现之后

众神复活之后，神话中写到："统领万物的强者自天空飘然落下，降临于审判的庭园之中。"以及："飞龙尼德霍格闪烁着光芒，自地面乘风而起，双翼满载死者翱翔于原野之上，最终还是坠落了。"关于北欧神话的最后一部分，有人说是受到了基督教的影响。是不是意味着一位宛如绝对真神般的存在在众神居住的土地上降下了审判呢？宇宙树伊格德拉西尔的原始居民尼德霍格为了逃避神罚而四处逃窜，最终还是力竭倒下。在"众神在吉姆列过起了幸福的生活"之后，加了这么几句不祥的话语作为神话的结尾。

阿萨神族的幸存者一同坐了下来，谈论起过去发生的种种。

就在大家沉浸在往事之中的时候，草地中金光一闪，原来是众神使用过的黄金棋盘。奥丁和索尔的儿子们及其他神祇看着这个象征着往日繁荣的物件，久久回不过神。

众神与巨人之间的战斗结束了。

据说，阿萨神族的后代们住在金碧辉煌的宫殿吉姆列中，一直过着幸福的生活，直至今日。

✸ 新世界中的人类祖先

那么人类又怎么样了呢？

在苏尔特尔的大火燃遍全世界的时候，有人躲在了霍德密米尔森林之中。

那是一对人类男女。就算将世界化作灰烬的烈焰，也没能将宇宙树伊格德拉西尔燃烧殆尽。火焰熄灭之后，伊格德拉西尔的树根从大地中汲取水分，枝头长出了新叶。每当清晨来临，这对男女就到处舔舐叶尖垂下的露水，坚强地活了下来。

男的叫作"里夫（生命）"，女的叫作"里夫特拉希尔（生命的继承者）"，两人成为新人类的祖先，生下了很多孩子。没过多久，世界上又有好多人了。

末日之战——诸神的黄昏中，太阳在被巨狼吞噬之前生下了一个女儿。如今，她出来，踏着母亲的运行轨迹，再次为大地送来了阳光。继天地之后，太阳也复活了。

至于巨人们后来怎么样了，就没人知道了。

世界重生之后，再次恢复了众神在天、人类在地的格局，各自繁衍生息起来。再往后的事情就不得而知了。

⚓ 照亮世界的太阳和月亮的死与再生

太阳车夫苏尔和月亮车夫玛尼被巨狼斯库尔和哈提追着跑。

终于被它们追上了，太阳和月亮被巨狼吞下了肚。

太阳在被吞噬之前生下了美丽的女儿。

诸神的黄昏爆发

世界毁灭之后，女儿踏着母亲的轨迹继续围绕大地旋转起来。

众神在郁郁葱葱的大地上建起了光芒四射的宫殿吉姆列，在里面过起了幸福的生活，直到永远。

◆ 苏尔和玛尼是谁？

苏尔和玛尼是一对兄妹。奥丁命令他们驾驶马车拖动太阳和月亮。可是后面始终有两只名叫斯库尔和哈提的巨狼在追。为了躲避巨狼，兄妹俩只好满世界跑。

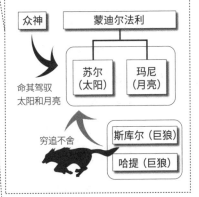

◆ 末日之战——诸神的黄昏的前兆

日月被巨狼吞噬，星星不断从空中坠落下来，世界被黑暗所笼罩。这些前所未有的天变地异被当作是"诸神的黄昏"的前兆。

◆ 苏尔的女儿照亮世界

苏尔与丈夫葛廉生下了一个女儿。"诸神的黄昏"之后，女儿接替母亲的职责，继续托起太阳。

◆ 光明神巴德尔的复活

光明神巴德尔从冥界复活，世界重现光明。

奥丁箴言

《埃达》道出了奥丁的人生哲学

────── 有关胜利和成功 ──────

【箴言1】 迈步之前请注意每一扇门后的气息，环顾四周，因为你不知道敌人藏于何处。

【箴言58】 早起的狼有肉吃，晚起的狼饿肚子。睡大觉的男人永远品尝不到胜利的果实。

【箴言82】 顺风之际伐大木，天晴之际出海游。行船讲究快，挥剑要果断。

此处介绍的是奥丁教给众神和人类的处世法则。一共有164条箴言，写于公元700～900年，于维京人的时代10世纪归纳整理。其中有很多格言直到现在还十分有用，完全想象不到是一千多年前的产物。

开篇就是有关战斗的内容，果然有战斗之神奥丁的风格。

【箴言1】 让人联想到《孙子兵法》中"常在战场"这个理念，意思是时刻绷紧神经，注意各方面的动静，才能获得胜利。

【箴言58】 是写给掠夺者的，告诉他们早起才能有所收获。

【箴言82】 告诉我们要"把握住机会"。这条箴言讲述了防御的重要性和购物的智慧。

※ 参考《埃达──古代北欧歌谣集》（谷口幸男译），一部分内容有所简化。

【箴言 88】　早播之田不可信。

【箴言 127】　知晓敌情后要立刻喊出来，不要给敌人喘息的机会。

── 有关财富和资产 ──

【箴言 70】　既然活着就要活得快乐；只要活着，总有一天会得到母牛。

【箴言 76】　财产是空虚的，周围的人是要死的，自己也是要死的。唯一永恒不灭的，只有自己获得的名声（评价）。

【箴言 79】　财富转瞬即逝，是最不牢靠的朋友。

【箴言 88】　指出了行动前不做准备的愚蠢。

【箴言 127】　强调了反应迅速的重要性。奥丁告诉我们不要揣测他人（敌人）的想法，永远都应该立足自身，考虑自己该怎么做。

奥丁对于财富和资产始终持怀疑态度。换句话说就是"有东西比金钱更重要"。

【箴言 70】　其中的母牛在当时是财富的象征。意思是只要活着，就能得到无尽的财富。

【箴言 76】　是最有名的箴言，告诉我们要重视自己的名声和周围人的评价。比起资产的多寡，还是成就更为重要。一个人要是一事无成，死后很快就会被人们遗忘了。

【箴言 79】　在现代也是通用的。

──────── **有关友情** ────────

[箴言42]　与朋友相处应该本着礼尚往来的原则。朋友送你东西你就应该送朋友东西，朋友对你微笑你就应该对朋友微笑，朋友对你虚情假意你就应该对朋友虚情假意。

[箴言43]　请与朋友的朋友交朋友，不要与敌人的朋友交朋友。

[箴言119]　要是有值得信赖的朋友，平时请多加走动。因为人情和道路一样，都是走出来的；一旦停止走动，就会杂草丛生，再也走不了了。

[箴言123]　不要对坏人有所期待。只有对方是好人的时候，你才能为人褒奖，为人所爱。

奥丁如是说："世间有两种人，一种是值得信赖的人，一种是不值得信赖的人。至于如何将两者区分开来，就全看你自己了。"这里的格言大多提示我们要培养识人的眼光，要与他人结下牵绊。

[箴言42]　讲述了与朋友交往的正确方法。

[箴言43]　告诉我们要是有值得信赖的朋友，那么他的朋友也是值得信赖的。这里的敌人指的是给自己带来不幸的人。要擦亮眼睛，好好区分对方是敌是友。

[箴言119]　建议我们要加深与朋友之间的牵绊。两人之间要是长起"灌木和野草"，那么友情就有毁灭的危险。在事情无法挽回之前，要主动去拜访对方。

[箴言123]　是值得信赖之人的定义。坏人会妨碍你做事，会说你坏话，会嫉妒你，会欺骗你。这种人从古至今到处都有。

——贤者和愚者的区别——

[箴言23]　愚者每天晚上睁开眼睛苦思冥想，想到早上筋疲力尽，却发现自己一事无成，惨不忍睹。

[箴言24]　愚者把所有笑对自己的人当作朋友。

[箴言27]　愚者在人多的地方最好保持沉默。只要你不开口，别人就不知道你其实一无所知。

[箴言48]　胆小鬼什么都怕，连别人送的礼物都怕，然后整天发牢骚。

压卷部分是有关"愚者"的格言。奥丁的语气极其辛辣，使读者意识到自身的愚蠢和内心的懦弱。

[箴言23]　是不是有很多人被说中了？对于当前无法解决之事苦思冥想正是人类的愚蠢行为之一。

[箴言24]　很多人都发现不了他人笑容背后的恶意和虚伪，奥丁对此深感无奈。这句箴言其实后面还跟了一句："连自己被骂了都不知道。"

[箴言27]　前后也有类似的箴言。说是别人提问的时候自己却完全不知道该怎么回答。警告那些无知的人小心祸从口出，不要乱说话。

[箴言48]　只有在全世界旅行，目睹了人间百态的奥丁才有资格这么说，成功者与失败者的区别就在这里。

── 有关男女情爱 ──

[箴言94] 聪明男人陷入火热的恋情后也会变得愚蠢。

[箴言115] 切记，不可勾引他人的老婆。

[箴言130] 想跟好女人快快乐乐过日子，就为她许下诺言，并好好遵守。因为人人都渴望被他人温柔对待。

据说有关男女问题的格言反映出了北欧当时的道德标准和价值观。据说当时的北欧是由女方挑选丈夫的，要是丈夫动粗或者出轨，女方就可以提出离婚。

正是因为女性的地位高，奥丁才会多次在格言中叮嘱道："男同胞们，一定要警惕坏女人啊。"

[箴言94] 认为就算是平时考虑周全、行事谨慎的男人，一旦被自己心中的欲望支配，被美女吸引，同样会沦为"愚者"。

[箴言115] 警告人们乱搞异性关系是会引来灾难的。然而说这话的奥丁本人却从别人手中抢了不少女人。

[箴言130] 讲述了恋爱的技巧。要想成功捕获对方的心，就要不停地送对方礼物，不停地赞美对方。简而言之就是脸皮要厚，懂得阿谀奉承、拍马屁。奥丁是这么认为的。

奥丁忠告男同胞："不要让会使魔法的女人缠上你，不要与她同床共眠，否则你的自由会被她剥夺。"日本的"燗天下"与这句话意思相近。对于男人来说，魔女是一种魅力难挡的坏女人。

注："燗天下"的意思是家中女方的威势、权力比男方要高。中国的"妻管严"与这个词意思相近。

—— 有关增强自信 ——

[箴言 8]　来自他人的智慧并不可靠。

[箴言 15]　位居人上者，应该深思熟虑，沉默寡言。一旦发生战斗，就要身先士卒，勇猛作战。为人者都应该精力充沛，享受人生，至死方休。

[箴言 18]　人生就像一场旅行。到世界各地见识各种东西，提升自己的判断力，并以之为舵，继续航行。唯有见识广博，经历丰富者方可谓贤者。

[箴言 47]　独自旅行难免会迷失方向，与人邂逅方能充实自我。每个人对于他人来说，都是喜悦的源泉。

[箴言 56]　没有人知晓自身的命运。正因为如此，才不会胡思乱想，得以保持内心的安宁。

这里都是关于自信的箴言，概括起来就是一句话："相信自己，别指望别人。"

[箴言 8]　这是奥丁一贯的信念。接下来一句是"来自他人的忠告未必有用"。意思是凡事应该看清楚事实，自己来判断，自己来拿主意。

[箴言 15]　阐释了指挥官的行事准则。与"愚者"条目相对。

[箴言 18]　告诉我们要开阔视野、增长见识。

[箴言 47]　在整体氛围辛辣的格言中，这算是比较温馨的一句了。仅仅贯彻"相信自己"的信念一路走下去的话，是十分孤独的。要是人生旅途中有个伴，就要幸福得多。

[箴言 56]　是奥丁得知毁灭的预言之后，才感悟出的教诲。

后 记

从空无一物的世界进行了天地创造开始，到末日之战——诸神的黄昏为止，北欧众神的故事给你留下了什么印象？世界毁灭之后，光明重现大地是唯一值得欣慰的事情。这个从毁灭到再生的历程，与一棵树的生长十分相似。秋天树叶掉光之后，到了春天又将冒出新芽，再次绿意盎然起来。就算大树在战争和山林大火中燃烧殆尽，轰然倒塌，之后还是会冒出新芽，孕育出新的生命。对冬日漫长、战争不断的北欧来说，这小小的嫩芽无异于希望的光辉。

北欧神话就是在一棵象征着生命活动的宇宙树伊格德拉西尔的守望中进行的。虽然神话整体给人一种残酷而悲壮的感觉，可是也能让人从中领悟到不少人生的智慧。

比如众神虽然经常使用魔法，可那绝非心想事成这么简单。他们使用符文魔法和各种道具强化自身之后，仍然凭借自身的力量来获取想要的东西。凡事总要行动起来才能看到希望，众神熟知咒语的效用，可是并没有去依靠他人。

虽然一步一步走向毁灭，可是众神并没有气馁。其实这不仅限于北欧，对于我们也是一样。人生并非是一帆风顺的，生活中不尽如人意的地方比比皆是，甚至连自己能不能活到明天都不知道。正因为如此，才应该相信自己，凭着心中所想去生活，每天过得开心一点儿。这就是众神教会我们的东西。

可是"诸神的黄昏"到底爆发了没有？是不是在将来才会爆发呢？

或许世界末日已经来临，我们都是躲藏在宇宙树伊格德拉西尔树洞中的那对靠舔舐朝露为生的男女的子孙；或许"诸神的黄昏"尚未到来，以奥丁为首的众神还活着，依然在不停地将战死沙场的人类收入瓦尔哈拉之中。那些席卷全世界的战争和各种天变地异，以及大地被火焰包围沉入海底的恐怖事件仍未发生，都是人类在将来要体验到的。

北欧神话的末日场景到底该怎样理解呢？就全看读者自己了。

二〇一三年一月

作家　杉原梨江子

附 录
译名英汉对照表

A

Aegir   埃吉尔

Alfheim   爱尔芙海姆（白精灵的国度）

Alfrig   阿尔弗利克（矮人）

Angerboda   安尔伯达（洛基的妻子）

Audhumla   欧德姆布拉（母牛）

Andvari   安德瓦利（矮人）

Andvarinaut   安德华拉诺特（安德瓦利之戒）

Asgard   阿斯加德（阿萨神族的国度）

Aurgelmir   奥尔盖尔米尔（伊米尔别名）

B

Balder   巴德尔（光明神）

Berling   贝尔林（矮人）

Bestla   贝斯特拉（奥丁的母亲）

Bilrost   比弗罗斯特（彩虹桥）

Bilskirnir   毕尔斯基尔尼尔（索尔的官殿）

Bloodyhoof   布洛杜克霍菲（弗雷的马）

Borr   包尔（奥丁的父亲）

Bragi   布拉基（伊登的丈夫）

Breidablik   布列达布利克（巴德尔的官殿）

Brisingamen   布里希加曼（芙蕾雅的项链）

Brynhildr   布伦希尔德（瓦尔基里）

Budli   布德利（布伦希尔德的父亲）

Buri   布利

D

Draupnir　德罗普尼尔(黄金手镯)

Dvalin　杜华林（矮人）

E

Einheriar　恩赫里亚（集结于瓦
　尔哈拉的勇士们）

Eliudnir　埃琉德尼尔（死灵殿）

F

Fafnir　法夫纳（巨龙）

Fensalir　芬撒里尔（弗丽嘉的
　宫殿）

Fenrisulfr　芬里尔（巨狼）

Folkvang　弗尔克范格（芙蕾雅
　的宫殿）

Forseti　凡赛堤（巴德尔儿子）

Freyja　芙蕾雅

Freyr　弗雷

Frigg　弗丽嘉（奥丁的妻子）

G

Garm　加尔姆（冥界看门狗）

Gersemi　格尔塞蜜（芙蕾雅的
　女儿）

Gjallarhorn　加拉尔（号角）

Gladsheim　格拉兹海姆（男神
　宫殿）

Gleipnir　格莱普尼尔(魔法绳)

Gram　格拉墨(齐格鲁德的魔剑)

Grer　格尔（矮人）

Gullveig　古尔薇格(华纳神祇)

Gungnir　昆古尼尔(永恒之枪)

H

Heimdallr　海姆达尔（彩虹桥
　守卫者）

Hel　海拉（冥界女王）

Helheim　海姆冥界(死亡之国)

Hermod　赫尔莫德(奥丁的儿子)

Hnoss　赫诺丝(芙蕾雅的女儿)

Hoder　霍德尔（奥丁的儿子）

Honir　海尼尔（奥丁的随从）

Hreidmar　赫瑞德玛（法夫纳的
　父亲）

Hringhorni　灵舡（巴德尔的飞
　船）

Hugi　修基（巨人）

Huginn　胡基（乌鸦）

I

Iduna　（伊登）

Signy　齐格妮（齐格蒙德的妹妹）

Sigurd　齐格鲁德（屠龙英雄）

Sigyn　西格恩（洛基的妻子）

Sinfjotli　辛菲特利（齐格蒙德
　的儿子）

Skadi　斯卡娣（女巨人）

Skulda　诗寇蒂（命运三女神之一）

Sleipnir　斯莱布尼尔（八足神驹）

Surtur　苏尔特尔（炎之巨人）

Svadilfari　斯瓦迪尔法利（雄马）

T

Thialfi　希亚费（索尔的男仆）

Thiazi　夏基（巨人）

Thokk　索克（洛基假扮的女巨
　人）

Thor　索尔（雷神）

Thrym　托利姆（巨人）

Tyr　提尔（战神）

Tyrfing　提尔锋

U

Urda　兀儿德（命运三女神之一）

Utgarda-Loki　乌特迦洛奇（巨人）

V

Vali　瓦利（奥丁的儿子）

Valkyrie　瓦尔基里

Vanaheim　华纳海姆（华纳神族
　的国度）

Vanir　华纳神族

Ve　维（奥丁的兄弟）

Verdandi　贝露丹蒂（命运三女
　神之一）

Vidar　维达（奥丁的儿子）

Vili　维力（奥丁的兄弟）

Vingolf　梵格尔夫（女神宫殿）

Volsunga　沃尔松格（齐格蒙德
　家族）

Y

Yggdrasil　伊格德拉西尔（宇宙树）

Ymir　伊米尔（始祖巨人）

图书在版编目(CIP)数据

北欧众神 / (日) 杉原梨江子著；李子清译. -- 北
京：中国致公出版社, 2020〔2021.4重印〕
ISBN 978-7-5145-1682-1

Ⅰ. ①北… Ⅱ. ①杉… ②李… Ⅲ. ①欧洲文学－文
学研究－北欧 Ⅳ. ①I530.6

中国版本图书馆CIP数据核字(2020)第113494号

著作权合同登记 图字：01-2020-4599号

Ichiban Wakariyasui Hokuô Shinwa
Copyright © 2013 Rieko Sugihara
First published in Japan in 2013 by Jitsugyo no Nihon Sha Ltd., Tokyo
Simplified Chinese translation rights arranged with Jitsugyo no Nihon Sha Ltd.
through Japan Foreign-rights Centre/ Bardon-chinese Media Agency
本版中追加的日语原版中没有的图像、文字，本公司承担全部责任。

北欧众神 / [日]杉原梨江子 著　李子清 译

出　　版	中国致公出版社	
	（北京市朝阳区八里庄西里 100 号住邦 2000 大厦 1 号楼西区 21 层）	
发　　行	中国致公出版社（010–66121708）	
责任编辑	王福振	
特约编辑	路思维　杨　森	
装帧设计	紫图装帧	
印　　刷	艺堂印刷（天津）有限公司	
版　　次	2020 年 11 月第 1 版	
印　　次	2021 年 4 月第 2 次印刷	
开　　本	880 毫米 ×1230 毫米　1/32	
印　　张	8.75	
字　　数	141 千字	
书　　号	ISBN 978-7-5145-1682-1	
定　　价	49.90 元